D0847148

En un rincón del alma

novelaVERGARA

En un rincón del alma

Antonia J. Corrales

VERGARA

Barcelona • Madrid • Bogotá • Buenos Aires • Caracas • México D.F. • Miami • Montevideo • Santiago de Chile

SOMERSET CO. LIBRARY
BRIDGEWATER, N.J. 08807

1.ª edición en B de Books: febrero 2012
1.ª edición impresa en Ediciones B: septiembre 2012

© Antonia J. Corrales, 2011
© Ediciones B, S. A., 2012
    para el sello Vergara
    Consell de Cent 425-427 - 08009 Barcelona (España)
    www.edicionesb.com

Printed in Spain
ISBN: 978-84-15420-23-1
Depósito legal: B. 20.237-2012

Impreso por LIBERDÚPLEX, S.L.
Ctra. BV 2249, km 7,4
Polígono Torrentfondo
08791 Sant Llorenç d'Hortons

Todos los derechos reservados. Bajo las sanciones establecidas
en el ordenamiento jurídico, queda rigurosamente prohibida,
sin autorización escrita de los titulares del *copyright*, la reproducción
total o parcial de esta obra por cualquier medio o procedimiento,
comprendidos la reprografía y el tratamiento informático, así como
la distribución de ejemplares mediante alquiler o préstamo públicos.

Mientras él estiraba sus brazos intentando en cada luna rozar el cielo, a mí las estrellas fugaces dejaron de concederme deseos.

A mi suegro, donde quiera que esté.
Sé que él me habría dado un paraguas rojo
para cobijarme, para cobijarnos.

ELEGÍA A RAMÓN SIJÉ

A las aladas almas de las rosas
del almendro de nata te requiero,
que tenemos que hablar de muchas cosas,
compañero del alma, compañero.

MIGUEL HERNÁNDEZ
(Orihuela, Alicante, España, 1910-1942)

PRÓLOGO

Felipa, a pesar de su ancianidad, tenía una belleza serena, aunque su carácter huidizo y desarraigado le daba a su faz un toque de frialdad marmórea. Aquella mañana arrastraba su cuerpo delgado, casi famélico, por las baldosas húmedas, vetustas y desiguales que conducían al establo. Caminaba en silencio, cabizbaja y renqueante, ensimismada en el sentido de las palabras que, haciendo un gran esfuerzo ocular, había conseguido leer. De vez en cuando se paraba y, tomando el escapulario que colgaba de su cuello, susurraba una especie de plegaria.

Su vedeja, de un color ceniciento, se mecía en el aire, en la frialdad del albor. El cántaro de latón parecía querer escapar del balanceo enfermizo de su añosa mano. Su buen estado había sido mantenido por aquella anciana a la que la vida se le escapaba. Por ello, aquella alcuza que había llevado la leche recién ordeñada de la mejor vaca del establo durante años, aquella mañana parecía negarse a acompañarla. Era como si dentro de ella hubiese raciocinio. Como si tuviese la certeza de que aquella aurora sería la última en la que el sol haría brillar su cuerpo de metal.

Felipa miró el campo cubierto de rocío y suspiró. Con la cabeza gacha retiró la tranca y entró en el cabañal. El olor del heno y la alfalfa atenuaba el hedor de los excrementos. El ganado, que ahora estaba compuesto por cinco cabezas, no se asemejaba en nada a la vacada que, tiempo atrás, había constituido la fuente de ingresos de su numerosa familia.

—¡Cómo he podido dejar que suceda! —murmuró, al tiempo que tomaba asiento en el viejo taburete para ordeñar una de las reses—. ¡Cómo he podido estar tan ciega! Llamaré a Carlota. Ella me leerá el resto del manuscrito. Cuando Jimena regrese hablaremos. Sí, hablaremos sin tiempo de por medio. No puedo morirme sin pedirle perdón. No puedo hacerlo...

El cántaro cayó al suelo y la leche recién ordeñada cubrió el piso empajado. Felipa se desvaneció, precipitándose con una lentitud mortuoria contra el suelo.

En la casa, las ascuas del brasero calentaban con suavidad las faldas de la mesa camilla. La lente de aumento reposaba sobre el hule. Dentro de un paquete había un cen-

tenar de folios, junto a ellos un paraguas rojo. El res-
guardo del envío no mostraba los datos completos del
remitente. En él solo figuraba el nombre y la ciudad de
procedencia: «Jimena Alcántara – El Cairo.»

1

Madre, soy Jimena. Sé que apenas me recuerda. Siempre pasé por su lado como una sombra parlante a la que nunca logró prestar atención. En casa éramos demasiados y a usted siempre le faltó tiempo. Lo entiendo, entiendo su falta de tiempo, pero jamás pude comprender la carencia de justicia en la repartición del mismo.

«La fuerza se te va por la boca. Hablas demasiado. Como no rectifiques tu forma de ser, tendrás muchos problemas», solía decir como única e invariable respuesta a mis intentos de conversación.

No se equivocó. He tenido problemas, infinitos problemas, pero no por hablar demasiado. Los he tenido porque nadie, empezando por usted, tuvo tiempo para escucharme.

Mi vida siempre fue una lucha constante por conseguir su atención, su beneplácito. Ahora el paso de los años me ha otorgado la capacidad de ver la realidad y poder aceptarla sin que ello vaya más allá de una toma de conciencia. Sin que la soledad sentida me obligue a derramar una sola lágrima. A diferencia de antaño, hoy no necesito que alguien me escuche. He aprendido a dialogar conmigo misma. Este desarraigo, en parte, se lo debo a usted. Sin embargo y a pesar de ello, necesito hacerle saber quién es su segunda hija, aquella joven delgada, casi escuálida, que un día se marchó del pueblo buscando hacer realidad un sueño, un sueño de cuento que aún no ha cumplido. Usted me lo debe, me debe ese tiempo que nunca me dedicó, esas conversaciones que nunca tuvimos... Pero sé que la única forma que tengo de conseguir mi propósito, de que usted me escuche, es a través de estos folios.

El autobús desde el que le escribo se dirige al aeropuerto. Me voy a Egipto.

2

Todos pensábamos que aquello sería eterno, que nuestra casa jamás estaría vacía de risas; de gritos, de carreras, de comidas casi multitudinarias. Sobre todo lo creía usted, que aseguraba que le poblaríamos la finca de nietos, que jamás se vería sola. Pero, poco a poco, todos, a excepción de Carlota, que se quedó en el pueblo, nos fuimos marchando. Padre también se fue, se fue antes de que llegara su hora. ¡Cuánto le quise! Lo adoraba. Aún añoro sus charlas junto a la chimenea, el sonido melancólico y pausado de su voz, tan profunda como su mirada. Echo en falta el humo de su pipa garabateando siluetas en el aire; su olor, y la aspereza proletaria de la palma de sus manos, que tantas veces acariciaron mi nuca.

«Sin carrera eres un señor. Con carrera eres el señor

Don», solía decir para darnos ánimos, para que ninguno dejásemos de estudiar. Para él, todos estábamos capacitados, Carlota, que siempre se negó a ello. Imagino que ella, mi hermana, será quien lea para usted estos folios. Siempre le gustó leer en voz alta. Desde pequeña, si algún día lo fue, porque yo siempre la recuerdo mayor, tuvo muy claro que sería madre y esposa. Que pasaría sus días sin pena ni gloria, pero feliz, aterradoramente feliz, en ese horizonte empequeñecido por los quehaceres diarios, raptado por las tareas cotidianas que no van más allá de las necesidades de los demás y que, para ella, eran y siguen siendo el pan y la sal de su vida. La admiro por ello. La admiro por conseguir lo que quería, por tenerlo claro. Tal vez ahí resida el misterio de la supervivencia, en creer que uno es feliz, en no distinguir la alegría de la felicidad.

El autobús está cerca de la terminal. Está lloviendo. Cuando mi avión despegue habrá pasado el tiempo necesario para que Carlos comience a inquietarse y se pregunte dónde ando, cuál es el motivo trascendental que me ha llevado a ausentarme del campo de batalla, por qué no permanezco como de costumbre, estoica en el lugar de siempre.

Adrián no percibirá mi ausencia hasta la hora del almuerzo. Él seguirá perdido en los miles de apuntes que necesita aprender, casi al pie de la letra, para aprobar la oposición que le hará merecedor del titulo de notario, ardua labor que le ha hecho perder tres largos años de intentos frustrados. Adrián es igual que su padre, robusto, varonil y obstinado hasta la demencia. Ajeno al resto de inquietudes que no sean las suyas.

Mi pequeña Mena estará en el baño. ¡Siempre está en el baño! Ella es el reflejo de lo que siempre he deseado ser: alguien inalterable ante las exigencias de los demás. Mi niña no se preguntará dónde ando. Si quiere saber algo de mí irá directamente a las pirámides. Se perderá en ese mar de arena empachado de historia y me buscará bajo la sombra invisible que refleja la figura de Hatshepsut, la dama del Nilo.

A estas alturas, madre, ya se habrá dado cuenta de que viajo sola, que ninguno de ellos, ni Mena, ni Adrián ni Carlos saben nada de mi marcha. Se habrá percatado de que me he marchado sin dar aviso, que he dejado a mis hijos y mi marido. A estas alturas usted estará sacando el pañuelo de su manga para limpiar el lagrimeo que mis palabras le producirá. Y me atrevo a adivinarla acercándose a la cómoda en busca del retrato de padre, quejicosa y renqueante. La imagino limpiando el cristal que protege su foto con la manga de la camisa negra después del consabido beso, estirando el paño de ganchillo blanco sobre el que descansa. Tras unos instantes de ensimismamiento, sé que lo volverá a colocar con una escrupulosidad casi obsesiva, y se alejará, cabizbaja e hiposa, moviendo la cabeza de un lado a otro.

El autobús ha llegado. Tengo que dejar de escribir. Pero solo por un momento. Cuando el ruido de los motores me llene el estómago de burbujas, cuando las ruedas se escondan en la barriga del Boeing 747, entonces, para calmar el miedo ancestral, oceánico y profundo que siento a volar, haré lo único que siempre ha conseguido calmar mis ansias, mi inseguridad y mis penas: hablar. Volveré a hablar con usted a través del papel.

¡Internacional! Pone salidas internacionales. Créame, madre, me gustaría mucho que estuviera aquí.

3

Son las dos de la madrugada y aún no he conseguido dormir. El miedo me atenaza. No es un miedo cualquiera. Es el que crea la inseguridad. Me siento perdida. Nada es como pensaba. Desde que llegué a El Cairo y crucé la puerta del aeropuerto en dirección al taxi sentí una sensación extraña; no sabía qué hacía aquí.

Siempre imaginé El Cairo como una pequeña aldea llena de casas de adobe, en medio de un desierto salpicado de nómadas y tuaregs, vestidos de blanco y azul añil, sonriendo prepotentes encima de sus enormes y abnegados camellos. Todos eran hombres de tez morena, de formidables ojos negros y espesas cejas. Las calles, un inmenso zoco donde todos los espacios estaban invadidos por cientos de tenderetes que exhibían vasijas, momias y tesoros arqueológicos que se podían adquirir por dos duros. Nada más lejos de la realidad. El Cairo es una gran ciudad. Iluminada por la energía de la gran presa de Asuán. Llena de autopistas. Plagada de turistas ingenuos como yo. El Cairo es hermoso, cosmopolita, políglota y demasiado grande para mis conocimientos. Aun así no me arrepiento, solo siento inseguridad. Todo lo que me gusta siempre me ha producido inseguridad y miedo. ¿O tal vez miedo e inseguridad?

Durante el vuelo, en muchos momentos eché en falta el paraguas rojo de Sheela, mi amiga del alma. No pude embarcar con él, las medidas de seguridad me obligaron a facturarlo con el resto del equipaje. Desde que me lo regaló ha permanecido a mi lado, sirviéndome de apoyo y cobijo, protegiéndome de los malos augurios, tal como ella dijo que haría. Antes de facturarlo acaricié su empuñadura de madera y, mientras lo hacía, recordé sus palabras, las palabras premonitorias de una de las brujas de Eastwick. Ella presagió mi viaje a Egipto, anticipó mi huida:

«Egipto es parte de tu destino... aunque si lo deseas podrás evitarlo, porque la vida, el futuro, es un cruce de caminos y siempre hay más de una elección. Si decides viajar a la ciudad del Nilo, nunca debes regresar a España, por nada del mundo. No lo olvides...»

Tal vez si me hubiese dicho el motivo por el que no podía volver habría elegido otro destino, no estaría aquí. Pero no lo hizo, siempre se negó a hablar sobre ello. Desde aquel día no volvió a esparcir para mí las runas sobre la mesa.

4

Hace tres horas que permanezco en el hotel. En ese lapso he levantado el teléfono varias veces y lo he vuelto a colgar, hasta que, por fin, sujetando el paraguas rojo por su empuñadura con fuerza he marcado el número de casa. Lo ha cogido Carlos. Después de escuchar, en el más absoluto de los silencios, mis explicaciones, ha respondido con una frase en la que se adivinaba una amenaza:

—Espero que sepas lo que has hecho.

No me dio tiempo a responder: cuando intenté articular un sí, había colgado.

No sé por qué fue ayer cuando tomé la decisión, cuando decidí abandonarlo todo de la manera en que lo he hecho, sin antes dejar caer una advertencia, una queja o un silencio de más durante los atropellados desayunos, los almuerzos domingueros o las cenas vacías de velas, vino y rosas. Sin una lágrima premonitoria o acusadora. Sin las razonables omisiones de mis deberes cotidianos y humanos. Sin esa llamada de auxilio que suele anteceder a una crisis emocional. Lo hice en silencio, sin que mis pasos se oyeran, sin que mi rostro expresara un gesto de desacuerdo o malestar ante aquella cotidianeidad en la que me sentía parte del mobiliario. Quizás el desencadenante fuesen sus últimas e insípidas caricias, en las que yo parecía no tener rostro, podía ser cualquiera bajo sus manos, porque ellas habían dejado de reconocerme entre las sábanas, me había convertido en una más, en la de siempre. Y lo peor no era que yo lo sintiese de aquella forma, lo peor era que él, Carlos, también lo sabía y no parecía importarle lo más mínimo.

Contemplé el reflejo de mi cuerpo desnudo en los cristales del dormitorio, mientras la lluvia golpeaba la ventana con rabia y las gotas se deslizaban como lo hacían mis lágrimas mudas; sin fuerza, dejándose llevar. Mientras él, Carlos, desnudo frente al espejo del baño, pletórico de éxtasis carnal, levantaba su mentón y me preguntaba, en voz alta, si la caldera estaba encendida porque iba a darse una ducha.

Aquella noche tomamos, tomé, demasiado vino. El alcohol se hizo dueño absoluto de mi conciencia. Poco a poco noté cómo el pulso se iba ralentizando. La música sonaba lejana, ausente. Le miré y supe que aquel día formaría parte de otros tantos, que pasaría como habían pasado los demás; carentes de sentido. Sin embargo, a pesar de todo lo que había sucedido entre nosotros, de la soledad, seguía deseando sus manos sobre mi cuerpo, el arrastre cálido de sus dedos por mi piel. Anhelaba su mirada profunda recorriendo frívola la comisura de mis labios, la protuberancia de mis caderas, el blanco enlechado de mis pechos. Y volví, una vez más volví a dejarle hacer. Controlé mis ansias de placer porque sus deseos siempre se superponían a los míos. En cada uno de nuestros encuentros carnales yo me contenía, frenaba mi necesidad, mi ansia, hasta que él se deshacía, hasta que sus párpados caían. Sentía, sí, yo, a pesar de los años transcurridos, de la apatía, de la sinrazón que abrigaba nuestro común diario, seguía sintiendo, pero lo hacía a través de él. Por ello, por aquel vacío de sentimientos y placer propio, que no ajeno, aquella noche, Carlos, mi Carlos, el Carlos que yo había creado y mantenido, desapareció. De un plumazo su vida y mi vida dejaron de formar parte de aquellas películas absurdas con las que alguien llenó las horas vacías de mi infancia. De aquella farsa que había encorsetado mi forma y manera de ver la vida, incluso de enfrentarme a ella. En ellas, las princesas se quedaban embarazadas después del beso casto, casi inmaterial del príncipe que daba paso al FIN. Los platos del banquete nupcial estaban cargados de manjares exquisitos, que no costaban nada, y el pelo largo de las jóvenes no necesitaba bigudíes para rizarse. En un instante impreciso, rápido como un destello de luz, me sentí parte de una mentira, de una gran mentira. Ni Carlos era un príncipe de cuento, ni yo era como esas jóvenes de ojos azules y pechos prietos, rubias como la cerveza.

5

A pesar de todo le quise, sí madre, le quise casi de forma demencial y, de alguna manera, creo que aún sigo queriéndole. Durante los primeros años de convivencia su estado constante de excitación hacía que me sintiera deseada, y eso, entonces, era algo muy importante para mí; formaba parte del «ser mujer». Lo aprendí cuando el tiempo era joven, en aquellos días en que los *decires* y los *haceres* de los demás van dando forma a los tuyos. Pero aquella época ya no tenía nada que ver conmigo y por eso mi deseo de rozar la perfección, de conseguir que todos, y en primer lugar Carlos, se sintiesen felices a mi lado, fue desapareciendo paulatinamente.

Mientras él se introducía en la ducha, ajeno a mis pensamientos, a mi desnudez emocional, yo me vi ataviada con aquel vestido verde botella, tipo Sissi emperatriz, fregando los platos sucios. Aturdida en una casa llena de muebles estúpidos y traicioneros, que se llenaban de polvo en cuanto los perdía de vista. Llenando la barriga del carrito del supermercado con productos más baratos y mejores que las ofertas engañosas de letreros fosforescentes, que tanto horror me producían. Entonces comprendí que aquel vestido era incómodo para mis quehaceres diarios, que los pechos luchaban por deshacerse del corsé diseño camisa de fuerza. Reconocí el brillo de los collares de escarlatas como lo que en realidad siempre habían sido, bisutería fina. Sentí la necesidad imperiosa de ser la protagonista, la primera actriz de una película basada en la realidad. Cerré la página final de mi historia de ficción, una historia que había durado demasiados años, tantos que el príncipe era casi un abuelo, y escribí el final del cuento: «Colorín colorado, la princesa se ha fugado.»

6

Después de una sórdida noche de insomnio en la que los recuerdos de nuestra vida en común fueron aflorando uno a uno, al amanecer bajé las maletas del altillo y comencé a introducir en ellas mi ropa. Me vestí con los viejos vaqueros y me calcé las deportivas que tanto odiaba Carlos. Él dormía profundamente, como era habitual, ni un seísmo de 7,7 en la escala de Richter habría conseguido despertarlo. No dije nada, ni siquiera me acerqué a los dormitorios de Mena y Adrián. Ellos estaban acostumbrados a mis solitarios paseos matutinos y aunque hubiesen escuchado mi ir y venir por la casa, no les habría incomodado su descanso. Como una sombra atravesé el pasillo y salí a la calle. Llovía, en mi vida siempre llueve, todos los días importantes de mi vida están pasados por agua.

El viejo Mercedes del vecino permanecía aparcado frente a mi casa. Sus faros redondos se fijaron en mí como si fuesen los ojos de un abuelo, desaprobando mi huida. El parachoques pareció recriminar mi marcha. Incluso imaginé que decía: «Huyes, ¡cobarde! Siempre fuiste una cobarde.» Agaché la cabeza y dejé de mirarlo porque, en cierto modo, de alguna manera me sentía un poco cobarde. Caminé unos pasos, tomé aire y eché un último vistazo a la casa. Después, tras unos instantes de ensimismamiento, me enjugué las lágrimas que resbalaban por mis mejillas, abrí el paraguas rojo de Sheela, me cobijé bajo él y sonreí. Le sonreí desafiante al Mercedes, al hortera del vecino que, como todos los sábados, tenía su butaca de patio instalada bajo el porche y me contemplaba sin decoro, absorto, enfundado en su pijama a cuadros y sosteniendo el café humeante en la mano izquierda, mientras que con la derecha pasaba las hojas del periódico que jamás leía. Tal vez sí, quizá lo leyese, pero estoy segura de que no entendía ni un párrafo. Esquivando su mirada, que permanecía fija en el *trolley* y la maleta roja de mano que yo había dejado en la acera, me acerqué a la cancela de Remedios, mi «adosada» Remedios...

7

Remedios era, y sigue siendo, una mujer remilgada. Remilgada y un poco ignorante, aunque excepcional. Es silicona pura y croquetas de una bechamel inmejorable. Una enciclopedia culinaria andante en la que, ayudada del arte de la seducción, con el que estoy segura le agració algún hado, ha conseguido ir recopilando cientos de trucos inaccesibles para las nueras. Las nueras que, como yo, somos incapaces de conseguir la fórmula secreta de aquel plato especial con el que llevarse al príncipe azul a la cama. Sin embargo ella, Remedios, solo tiene que ajustarse el mandil, dedicarle una sonrisa a la suegra ajena o propia para que esta le suelte, como si le hubiesen inyectado pentotal, todos y cada uno de los entresijos del plato en cuestión, guardados durante generaciones en el más absoluto de los secretos. Lo hace sin esfuerzo, sin alarde, como el que oye llover, mientras tú observas la escena estupefacta. Mientras les dedicas una mirada de indignación a tu santa suegra y su devoto hijo.

Remedios es el prototipo perfecto de mujer, de la mujer que la mayoría de los hombres quisiera tener a su lado. Alegre, imperturbable, eficaz y condescendiente. Teñida de rubio hasta lo más íntimo. Sin una sola raíz en su pelo que muestre el negro genético que sí lucen sus vástagos y ascendientes.

Pasa horas interminables en la cocina, pero su ropa jamás huele a los guisos que intercala en el menú diario. Ella siempre huele a violetas, a violetas del Teide. Para sus menesteres culinarios y nutricionales se ayuda de un gran libro dietético, confeccionado de su puño y letra, que cuelga por un cordel al lado del teléfono de la cocina y que, por su tamaño y disposición, se asemeja a las guías telefónicas americanas que penden de las cabinas públicas.

Su repostería es especial, mágica y medicinal. Cargada de colores que ella considera curativos y que consiguen efectos surrealistas. Siempre tiene un postre para cada ocasión, para cada estado de ánimo y, con él, siempre logra su propósito: que nada sea tan importante como para hacernos llorar. En cada una de las degustaciones con que nos obsequiaba, siempre terminábamos riendo, riendo a carcajadas. Sheela decía que el ingrediente secreto de los postres de Remedios debía de ser el conjuro que recitaba durante la mezcla de los ingredientes, semejante al de la Queimada, aunque diferente en contenido y melodía. Un contenido del todo ininteligible e impronunciable, salvo para ella. Remedios, como única respuesta a nuestras preguntas y conjeturas sobre su conjuro, reía. Nunca se avino a darnos un solo detalle que nos permitiera conocer su simbología; su fin, procedencia o, sencillamente, que nos facultara para ponerlo en práctica. Aún sigue siendo así.

Durante los comienzos de nuestra vecindad yo no soportaba a Remedios, me ponía enferma su perfección, su excesivo dominio de lo cotidiano, y lo hacía porque dentro de ese feudo que ella gobernaba sin esfuerzo, yo parecía una folclórica caída del cielo en el escenario durante la representación de una ópera de Giacomo Puccini.

Cuando la conocí, no me gustó, no me gustó nada. Era tan perfecta, tan irreal, que ni siquiera gritaba. Parecía haber conseguido ser como los personajes femeninos de las series americanas; dulce, educada, silenciosa: de plástico. Ese control, esa supremacía, me ponía enferma. Alteraba mis biorritmos. Yo había pasado media vida intentando ser así, de aquella manera. Había anhelado controlarme, antes y durante el desarrollo de cada una de mis broncas maritales, generacionales e incluso profesionales. No dar un tono excesivamente alto a mis palabras y, lo más importante, generar tranquilidad a mi alrededor.

En una palabra, dominar. Tener todo medido. ¡Nunca lo conseguí!

No obstante, y a pesar de su silicona, que debo reconocer estaba francamente bien puesta, de su control y su excelencia cotidiana, Remedios era humana, era tan imperfecta y tan latina como lo somos todos. El día de aquel verano en que su querido Jorgito, educado al mejor estilo ingles, le dijo «¡Vete a la mierda, mamá!», Remedios no se alteró. Dejó caer su pareo al suelo como quien no quiere la cosa. Extendió sus garras rojas hacia el enano y lo arrastró hacia sí, despacio, sin prisa. Todo el círculo *piscinal* observaba ansioso su reacción. Estaban deseosos de que ella tuviese, al fin, una pérdida de formas con la que aderezar los desayunos o las sobremesas de aquel aburrido estío. Pero la única afortunada fui yo. Mi posición estratégica al lado de ella me permitió no perderme ni una de sus palabras. Remedios acercó su boca a la oreja de Jorgito y, disimulando con una amplia sonrisa de cara a la galería, le susurró: «Como vuelvas a contestarme de esa manera, te juro que te corto las pelotas.» En aquel momento su imagen cambió para mí. Si bien seguía siendo demasiado perfecta, su maquillaje continuaba siendo excesivo, persistía en su obsesión por tenerlo todo controlado y se negaba a leer novelas que no fueran rosas, desoyendo mis consejos, su reacción ante Jorgito tuvo un toque vulgar que me encandiló. Estaba aderezada con el encanto que conlleva la pérdida repentina de compostura que caracteriza a la gente normal. Eso me satisfizo, me hizo atisbar la posibilidad de que existiera un rincón oscuro, invisible a los demás, en su preciosa cabecita. Un espacio vacío de cosméticos, repleto de inquietudes y sentimientos contradictorios. Desde aquel instante, poco a poco, su apaciguamiento, su simplicidad en el análisis de lo cotidiano, su permanente «No pasa nada, verás como todo se arregla», pasaron a formar parte de mi vida, lo hicieron sin que me diese cuenta y para siempre. Remedios se convirtió en mi amiga, en parte de aquel maravilloso trío apodado «las brujas de Eastwick».

Ayer, desde la ventana de su cocina, Remedios me observaba con cierta inquietud. Quizás esperaba la salida de Carlos detrás de mí. Contuve la respiración, intenté forzar una sonrisa que no dibujaron mis labios y abrí la cancela. Al verme entrar en su jardín salió apresurada, con gesto de desasosiego, mientras se secaba las manos en el mandil rosa, dejando una estela de aroma a tostadas y café recién hecho.

—Me marcho al pueblo unos días —le dije.

—¿Tu madre está bien? —preguntó preocupada.

—Sí. Se trata de mí. Necesito cambiar de aires, darme un pequeño respiro... Ya sabes... —añadí tras una pausa, agachando la cabeza, incapaz de sostener su mirada demasiado tiempo.

Sé que no me creyó. Lo noté en la forma en que cogió mis manos entre las suyas, en su mirada condescendiente y cómplice. Lo supe porque no volvió de inmediato a su casa, porque permaneció inmóvil y silenciosa hasta que el coche tomó la curva y se perdió en el entramado de calles que componen la urbanización. Se quedó allí, prediciendo un adiós que no se produjo, pero que ella intuyó en el instante en que mi maleta de mano, solo Dios sabe por qué razón, se abrió sobre la acera y vio la pequeña bolsa de terciopelo rojo en su interior. Aquella bolsa que ella misma había confeccionado con las cortinas del herbolario de Sheela. Entonces, con los ojos húmedos, dijo:

—¿Me llamarás cuando lo hagas?

Asentí cabizbaja y avergonzada por mi falta de sinceridad, de valentía, y subí al taxi que momentos antes había pedido. Lo hice rememorando un momento concreto de nuestra vida, el más importante que ambas compartimos junto a Sheela. Un instante que, llegado el momento, también compartiré con usted, madre.

8

El día que llegamos a esa vanguardista, prestigiosa y elitista urbanización, el corazón se me encogió como un tomate para freír. Todos eran tan perfectamente pudientes que mis orígenes me provocaban inseguridad.

Me pregunto qué hubiesen pensado usted y padre si hubieran podido oír mis pensamientos. Recuerdo cómo pagaron parte de mis estudios gracias a la leche que producía el ganado. Sus ubres fueron el pozo de petróleo de nuestra numerosa familia.

Aquel día, mientras observaba la alta sociedad que me rodeaba, mirando el terreno en que se asentaban los chalets, y que tiempo atrás había sido una cañada real apodada «la polvera» donde al anochecer las parejas buscaban «intimidad», sentí nostalgia. Añoré la vida sencilla y llana del pueblo. Cuando mis ojos retuvieron la imagen de la infinidad de chalecitos adosados, todos ellos repletos de alarmas, parabólicas, coches de alta gama y empleadas de hogar uniformadas hasta las cejas, me dieron ganas de salir corriendo, de volver a mi pequeña casa de apenas sesenta metros cuadrados en pleno centro de la capital. Eché en falta el colorido de los semáforos, el ruido ensordecedor del tráfico que acallaba mis cavilaciones. El bullicio de la gente en las tiendas, en las terrazas, por las aceras... Evoqué ese anonimato que te da la gran urbe, un anonimato que permite ir, vestir, sentirte y ser como te dé la gana por cualquier sitio, en cualquier momento del día y cualquier día del año. Añoré esa libertad de formas y maneras que allí me iba a ser muy difícil hallar. No sabía cómo iba a sobrevivir en aquel recinto privado, de calle privada, portero privado... Todo era *privativamente* privado, menos los recursos económicos, que se paseaban como suelen hacer los nobles con sus títulos.

Cuando la señorita guapísima, vestidísima de Cristian Dior, maquillada y peinada por un pupilo del mismísimo Llongueras que, dicho sea de paso, allí estaba súper «franquiciado», nos dio la oportuna, obligada, monótona y consabida gira turística por las instalaciones comunes, Carlos, mi amado Carlos, parecía Onassis. Se tomó tan en serio su papel de nuevo rico que hasta yo me lo creí. Sin embargo, yo, a su lado, frente a todo aquel alarde de pedigrí, era el retrato viviente de un chuchito sin raza. Abandonado por sus desaprensivos dueños y rescatado por los servicios de la perrera municipal del atropello de un coche. Incluso adolecía de una cojera repentina y un tic nervioso en el labio superior que me obligó a taparme más de una vez la boca para disimular mi precario estado de nervios. Todo ello, unido a mis ademanes y aspecto progresista, me hacían desentonar con el impecable estado y apariencia de mi cónyuge, vestido de Ralph Lauren y perfumado con Loewe. Mis vaqueros y mi camiseta negra haciendo juego con las alpargatas de esparto me hacían sentir cómoda. Eran apropiadas para caminar por la urbanización, visitar el chalet piloto, los jardines... Pero, al tiempo, me convertían en el blanco perfecto de la mirada inquisidora y frívola de la guapísima empleada de la promotora y las «superseñoras» que ya habitaban algunos de los chalecitos. Carlos parecía ir a jugar al golf, solo le faltaban los zapatos apropiados. Yo parecía ir al súper, al supermercado del barrio, aunque allí lo llamaban «el Centro Comercial», y cuando se visitaba una tenía que ir a la última.

Lo cierto, madre, es que no solo me sentí así aquel día. Siempre me he sentido desvinculada del común de los mortales, pero sobre todo y ante todo, de aquellos que llevan el éxito prendido en todos sus actos: los de la flor en el culo. Jamás fui uno de ellos. Ni tan siquiera me identifico con mis hermanos. Ellos son tan perfectos, tan rubios, tan altos, tan felices... Yo, tan morena, tan flaca, tan débil, tan infeliz... Tan intelectual, demasiado intelectual. Ese, como dice Carlos, es mi mayor problema, que pienso demasiado y pensar no es bueno.

Durante el recorrido por la urbanización, mientras escuchábamos el catálogo de calidades, veíamos las habitaciones, admirábamos los escandalosamente carísimos muebles de cocina, volví a sentir el mismo desasosiego, la misma sensación de estar en un lugar equivocado una hora más tarde de la cita. Me sentía terriblemente alejada de todas las personas que vivían en aquel entorno, maravillosamente programado por la constructora y colonizado a la perfección por la hostelería. Una hostelería que también distaba mucho de mi exquisita cocina rápida, congelada y casi sintética que apenas tenía sabor ni olor, pero que gozaba de un gran éxito, aunque solo fuese frente a mí misma.

Aquel lugar era tan perfecto que parecía construido con el único fin de fastidiarme, de desubicarme. Todo era tan extremadamente bueno que, en aquel momento, mientras contemplaba la perfección que me rodeaba, habría preferido que todo fuera una ilusión óptica. Pero era real. Desconectar no servía, debía adaptarme. Carlos así me lo exigía. Y lo intenté, lo intenté sin conseguirlo durante muchos meses, hasta que Remedios se instaló al lado y se adosó a mi vida. Entonces fuimos dos las desubicadas dentro de aquel hábitat inhóspito e irreal.

9

Una vez más divago. Usted siempre dijo que la parquedad no era mi fuerte. Pero lo cierto es que nunca hablé lo suficiente, callé más de lo necesario, y demasiadas veces. Debí hacer caso a mi querido hermanito pequeño. Si le hubiera hecho caso ahora las cosas serían diferentes, me habría ido mejor, estoy segura. Al menos no me sentiría tan infeliz, tan frustrada.

Juanillo es el único que se parece un poco a mí. Tan poca cosa, con ese pelo tan negro y lacio. Enjuto de carnes. Sensible e inseguro. Atormentado por el deseo, por la necesidad de despertarse un día siendo mujer. Todos, sin excepción, fuimos unos estúpidos, unos cobardes conformistas con las normas que unos cuantos reprimidos presuponen e intentan imponer como verdades absolutas, cuando estas ni siquiera forman parte de la realidad. Nos dejamos llevar por el miedo a las habladurías, por ese estúpido «qué dirán». El qué dirán de unos cuantos a los que nada debíamos, que nada nos dieron ni nos darán. Por el miedo a las aves carroñeras que se alimentan de la pena ajena, que intentan imponer a los demás una doctrina que no practican y en la que en realidad no creen, pero que les sirve como estandarte para pregonar a los cuatro vientos que son mejores que los demás, más humanos, más personas, más hijos de Dios; de su dios.

Juanillo no necesitaba hacerse mujer, había nacido siéndolo. Sin embargo, nosotros, primero intuyéndolo y más tarde sabiéndolo, nunca se lo hicimos saber. No fuimos capaces de decirle que conocíamos su condición sexual y que aquello, su deseo de convertirse en mujer, no dejaba de ser una meta, un camino por andar en el que no estaría solo.

Usted, madre, ensalzaba su desenvoltura en la cocina, la maestría para hacer que un simple guiso de patatas se convirtiera en algo especial. La forma que tenía de colocar los cubiertos, los platos, el jarrón con las flores que había cortado en el campo y su pulcritud. Siempre iba hecho un pincel.

Padre envidiaba su calma, su exquisita dulzura, su manera de mediar en las desavenencias familiares y aquellas manos perfectas para el diseño de ropa femenina. Recuerdo sus primeros dibujos y lo que más llamó mi atención en la silueta de las modelos: todas tenían unos grandes pechos de caída endiabladamente carnosa. El comentario de padre al respecto:

—Este hijo mío es muy macho. El vivo retrato de su padre. Le gustan las mujeres con muchas tetas.

Mas tarde comprendí por qué Juanillo subió, llevado por un ataque repentino de angustia, a su cuarto, cerró la puerta y lloró en soledad durante horas. Juan, mi Juanillo, adoraba los pechos femeninos. A través de sus diseños, con cada uno de sus trazos, acariciaba el sueño de tener algún día aquella figura que tanto se asemejaba a una Venus y de la que él hacía un dibujo perfecto: exuberante y sensual; mujer.

Él estaba fuera de ese margen irreal que ha creado parte de esta sociedad mentirosa y reprimida, malsana. Estaba dentro de un cuerpo que no le pertenecía y nosotros, los suyos, sabiéndolo, lo omitimos. Omitimos sus ademanes, sus exquisitas posturas, el tono casi aterciopelado de su voz, su especial sentido del gusto... Fuimos tan cobardes que no admitimos algo tan antiguo y normal como la propia existencia de nuestra especie. Por ello, Juan salió de nuestras vidas poco a poco, sin que nos diésemos cuenta. Como una sombra, dejó de proyectarse por la ausencia de los rayos del sol familiar. Él, madre, pasó por su vida y la de todos mis hermanos como lo hice yo, sin que se notara que estábamos allí, sin que vosotros sintierais nuestra respiración. Con una diferencia: Juanillo no hablaba. Dejó de hablar de repente, como si le hubiera comido la lengua el gato. Hasta el día en que padre enfermó. Entonces ninguno teníamos tiempo. Las agendas estaban repletas. Había demasiadas responsabilidades, todas ineludibles. Pero él, Juanillo, no lo dudó. Se sentó a los pies de su cama durante meses. Limpió sus proyectos de escaras. Vació las cuñas malolientes y acarició su piel dormida por las medicinas. ¿Recuerda, madre?, a usted le secó las lágrimas, sus brazos la acunaron como si fuese una niña, sus manos la recogieron durante las últimas horas de dolor. Después, llegado el momento, vistió su cuerpo para el abrazo de lo que él llamó «una muerte deseada». Las palabras que padre le dedicó, dos días antes de perder la conciencia, fueron las que Juan se merecía haber escuchado años atrás, muchos años atrás:

—Gracias, Juan; eres la mejor de mis hijas. No te rindas. Lucha por lo que quieres. Te lo mereces, siempre te lo mereciste. No dejes que nadie te haga sentir vergüenza. No dejes que nadie decida por ti...

Juanillo fue el único que siempre me entendió. Él fue quien prestó atención a mis llantos, a mis silencios, a mis huidas. Juanillo fue el único que se molestó en escucharme:

—Jimena, no hagas caso a madre —decía cuando me

veía llorar—. Madre es mayor. Es lógico que no entienda tus inquietudes. No dejes que elija por ti, no lo hagas o te sentirás frustrada de por vida. Escribe. Deja la carrera, estás equivocándote al estudiar farmacia. Solo hay que ver cómo estás. Has nacido para escribir y tú lo sabes, lo has sabido siempre...

Hace tres meses que no hablamos. Su trabajo de diseño lo ha llevado a viajar constantemente. Si supiera que he decidido cumplir mi sueño, que he tenido la valentía de subirme sola a un avión, que ando perdida en El Cairo... que al fin he dejado a Carlos, se sentiría orgulloso.

Tengo que llamarlo.

10

Recuerdo el día de mi boda. Era un día como hoy, con sus horas eternas, pesadas y oscuras. Lleno de recuerdos que iban y venían de la mano de la inseguridad frente a mi nuevo destino. En casa el ambiente no era festivo, con la salvedad de la alegría que sentía Tito Antonio, a nadie parecía importarle que fuera a desposarme. Tal vez fuese la falta de novedad del evento lo que les provocase a todos cierta indiferencia hacia mi futuro título de «señora de». Fui la última en pasar por el altar. Sí, quizá fue eso, que habían sido demasiadas bodas las celebradas en casa, o tal vez que yo había tenido la desvergüenza de pensar en mí y saltarme los planes de futuro que usted había escrito. En ellos yo estaba destinada a cuidarla, a permanecer a su lado, a ser la solterona solitaria de nuestra gran familia.

Porque, ¿quién iba a querer a una contestataria como yo? A una mujer que odiaba los pucheros, a la que las agujas le producían urticaria. Una mujer que usaba vaqueros y alpargatas en cuanto se la perdía de vista, que solo utilizaba sujetador en ocasiones concretas. Una mujer que se emocionaba con las páginas de *Así habló Zaratustra* como si estas fuesen el manual de patrones de *Vogue* y que, contraviniendo los usos y costumbres sociales y católicos, sobre todo católicos, había perdido la virginidad años antes de casarse, y lo había hecho con un hombre del que ya no recordaba ni el nombre. Pero ahí estaba Carlos, ese alguien con el que usted no contaba, el pupilo perfecto de Murphy, dispuesto a demostrar que si algo puede salir mal, saldrá mal. Eso fue lo que usted le dijo cuando él, inocente, le manifestó sus honestas intenciones.

Todos los días importantes de mi vida están pasados por agua y aquel no fue una excepción. Llovía a mares. Una borrasca se había instalado en la Península, al parecer de forma eventual pero preocupante, ya que su contumacia en permanecer sobre *la piel de toro* estaba dando al traste con las previsiones meteorológicas. Mientras, yo, abstraída por el ruido de la lluvia que golpeteaba sin piedad el tejado, me imaginaba entrando en la iglesia empapada hasta las trancas. Con el traje blanco pegado a mi delgado cuerpo, chorreando. Con el moño deshecho y el rímel negro corriendo por mis mejillas.

Sosteniendo el velo mojado y dirigiéndome hacia el altar acompañada del sonido acuoso producido por mis zapatos de piel. Aquello, unido a mi flaqueza y desgarbo, me hacía verme muy semejante a la protagonista del cuento popular ruso-judío del siglo XIX, que de forma extraordinaria adaptó Tim Burton en su *Novia cadáver*. En realidad yo no estaba muy alejada de los personajes del director estadounidense. Era tan inadaptada y enigmática como ellos. Tan extraña y romántica como *Eduardo manos tijeras*; por ello, aquel día, cuando miraba alrededor, más de una vez me dieron ganas de ser una novia más a la fuga.

El traje blanco permanecía colgado del techo del salón y *Tonka* ladraba incansable, casi neurótica, intentando hacer de él su última captura. De vez en cuando giraba su cabeza de cachorro hacia nuestros ojos. Sus orejas, tiesas y perfectas, se movían ávidas de algún gesto que indicase nuestra decisión de acabar con sus protestas, dándole, al fin, aquel cuerpo rígido, hueco, lleno de volantes y cargado de almidón que haría de mí, según decían todos, la reina de la fiesta. Tras unas horas de ladridos y reprimendas por nuestra parte, *Tonka* finalmente comprendió que por una vez su capricho no iba a ser concedido y, como buena hembra, decidió vengarse de nuestra indiferencia haciendo un pis sobre el inmenso velo que aún no había sido puesto a salvo. ¿Recuerda el disgusto?

¿Recuerda el socorrido *jabón de lagartija*? Así llamaba Tito Antonio al jabón Lagarto. Él fue el único que no perdió los nervios. Se levantó y, sin pronunciar palabra, metió el velo en el lavabo y frotó la mancha amarillenta. Tito Antonio nunca se llevaba las manos a la cabeza, jamás se alteraba, en ninguna circunstancia perdía la compostura. La serenidad era su máxima en la vida y ello le dio un protagonismo dentro de la familia del que, sin lugar a dudas, era merecedor.

Camino de la iglesia, a bordo de su precioso taxi —Seat 1500 negro— con aquella raya roja que lo recorría de lado a lado a modo de un gran hilván, me sentí transportada a una dimensión donde todos los tiempos verbales se hicieron uno. El taxímetro estaba roto. El día antes Tito Antonio me había prometido que lo arreglaría, pero él es un desastre, ¡siempre lo ha sido! Aquel día la bandera de su precioso utilitario dedicado de ordinario al servicio público, seguía fija, era imposible bajarla sin cometer un desaguisado, por lo que desistimos. El marcador, durante todo el recorrido, fue saltando incansable, peseta tras peseta, como poseído por la mente de un avaro. Los números corrían a la velocidad de un minutero histérico, descerebrado. La carrera ascendió a cinco mil pesetas. Desde las primeras veinticinco, hasta que el condenado marcador llegó a su fin, gracias a la parada del motor, el soniquete se hizo tan regular, tan continuo, tan insoportable que produjo en todos un principio de paranoia. Sin embargo, aquello no fue lo peor del camino hacia el altar, lo menos llevadero fue el incansable y constante trasiego de gente que levantaba la mano con entusiasmo y alivio, pensando haber dado caza, por fin, al ansiado taxi en un día de lluvia. La expresión de mala uva que reflejaban sus caras al advertir que el vehículo no reducía la velocidad, su evidente cambio de ánimo al verme tan mona, tan tiesa, tan antinatural, tan novia:

—Mira... Mira, mira, es una novia.

Todos esbozaban una sonrisa dulce, demasiado empalagosa, que les hacía parecer un poco tontos. A través de sus expresiones me llegaba la añoranza de algunos y las esperanzas de otros. Esos otros, casi todos, eran mujeres empapadas de juventud. Ahora, mi mirada se confunde con la de ellos cuando observo en algún parque de mi ciudad a una pareja recién estrenada de título, que no de pareja, casi estáticos frente a un fotógrafo que trabaja frenéticamente.

El camino hacia el altar fue algo que usted no debería haberse perdido. Pero, de nuevo, su excesivo celo la hizo ser esclava y madre al tiempo dentro de aquella furgoneta llena de accesorios del primer nieto, cambiando pañales, ayudando a Carlota durante las tomas. No sé cómo, ni por qué, pero delante de mí siempre hubo alguien que gozaba de prioridad. A pesar de haber pedido la tanda con mucha antelación, a mí nunca me despachaban. A mí, sencillamente, se me despachaba.

Aquel día, el de mi casamiento, también esperé. Dejé pasar mi turno de nuevo y... ¡la eché en falta, madre! Noté el vacío de su presencia junto a mí. Fue la misma sensación de soledad y vértigo, de ahogo, que sentí en todos aquellos meses de exámenes, de enamoramientos y desengaños. Ese tiempo empapado de nostalgia que algunos llaman adolescencia.

Padre entonces ya no estaba; se había ido. Su recuerdo viajaba reflejado en el cristal del espejo retrovisor, prendido en la mirada gemela de los ojos de Tito Antonio. El aire que entraba por la ventanilla delantera me susurraba sus palabras cálidas y tranquilas. Al pasar junto al cementerio invadido de mármol, lleno de cruces y oraciones mudas, al tomar la curva hacia la comarcal, los cipreses inclinaron sus ramas y el aire preñado del seco aroma de los crisantemos, teñido del color amarillo de los *liliums*, llevó mi mirada hacia la inconsciencia, atravesé la razón y vi sus ojos mirándome, burlando con su deseo el paso del tiempo, poniendo en tela de juicio la inexistencia. Sí, madre, lo vi mirarme y sonreír. Estaba junto a los claveles que usted le había colocado el día anterior sobre la tumba. Levantó su mano y se llevó los dedos a los labios. Jamás le hablé a usted sobre ello.

¿Para qué hacerlo? Sabía su respuesta: «El diablo juega malas pasadas, olvida esas visiones, son una de sus muchas artimañas. Además, tendrías que ir al médico. Jimena, si algo así se vuelve a repetir, deberías visitar al párroco y al doctor.»

11

Toda la ceremonia la pasé con un fuerte dolor abdominal. Mi vejiga estuvo a punto de reventar. La necesidad que sentía de ir al baño se convirtió en una obsesión que acaparó mi atención. No oía, no veía y empezaba a rozar el fino hilo que separa la realidad de la alucinación. Por no citar la postura antinatural e inapropiada que adopté justo a la mitad del sermón, del que no escuché ni una palabra. Si hubiera estado embarazada, estoy convencida de que alguien habría llamado a los servicios médicos de urgencia pensando que mi expresión de dolor era la señal inequívoca de un parto inminente.

Como bien dice usted: casi todo tiene su parte gratificante. Sin proponérmelo creé una anécdota que pasaría a la colección particular de la familia y que, como tal, sería repetida en cada encuentro hasta la saciedad y el aburrimiento. Algo comprensible, ya que ni yo misma puedo recordar mi boda sin que regrese a mi memoria la imagen del párroco haciendo la pregunta de rigor. La expectación de todos ante mi respuesta, ante la confirmación oral por mi parte de ser la esposa fiel, eterna, esclava, desinteresada y sumisa que la institución del matrimonio exige. Los días, las infinitas horas que pasé ensayando aquella frase para que una estúpida incontinencia urinaria chafara mi debut en público:

—Sí... ¡quiero ir al baño!

La carcajada fue unánime.

A pesar de los peros, que fueron unos cuantos, aquel día fue especial, difícil de repetir y grato de recordar.

Como sucede en todas las bodas, la algarabía invadía el aforo. El olor a puro y tabaco rubio se adueñaba del salón, de los pasillos y los baños. Los carajillos iban de mesa en mesa y los mozos y mozas se reunían para conseguir la mejor pieza para la subasta y así, mediante la oferta de sus pedazos, recaudar un dinero extra para nosotros. Por aquel entonces, Carlos ya empezaba a dar muestras de su innata terquedad y, dejándose llevar por ella, decidió no cambiar la corbata de marca francesa por la horrorosa pero baratísima que había comprado, especialmente para la ocasión, mi bien avenida y santa suegra. Aquel caro trozo de tela fue vapuleado, desgarrado y repartido, de mesa en mesa como un jabalí durante un banquete medieval. El valor de la corbata se recaudó multiplicado por dos. Yo no soy partidaria de esos usos y costumbres. Hubiera preferido guardar la corbata en mi adorado arcón ya que, como supuse en aquel momento, y bien supuesto fue, Carlos no pudo comprarse una corbata de firma en mucho tiempo por culpa del sangrante préstamo hipotecario que firmamos llevados por la necesidad de casa propia.

De vez en cuando miraba a Carlos buscando una ventana en sus ojos por donde escapar de aquel lugar, un horizonte donde encontrar respuestas a muchas de las preguntas que me contrariaban, un gesto suyo que me diera sosiego. Él, cuando los invitados le dejaban un minuto, me dedicaba una sonrisa y esa mirada especial y diferente que solo volvió a dedicarme cuando nacieron nuestros hijos.

Después de aquello pasaron los días, los meses y, con ellos, llegaron los espacios indefinidos, incontables; tan monótonos como insoportables. El tiempo joven envejeció sin tener la delicadeza de pedirnos permiso. Se convirtió en un tiempo de adultos para adultos. Comenzó a correr más rápido; se hizo veloz. Despreció nuestras necesidades, todas esas cosas que queríamos hacer. Todo comenzó a pasar por nuestro lado obviando nuestra presencia. Sin darnos cuenta nos convertimos en lo que nunca quisimos ser. Sin pensarlo, aprendimos a pensar, adquiriendo la necesidad de hacerlo. El mar, aquel mar de nuestra juventud, también se fue. Se fue con nuestra libertad, con aquella libertad efímera, con aquella manera especial de ser y de vivir. Ese mar de libertad se fue de nuestras vidas para no volver; porque era un mar de noveles, lleno del agua de la inexperiencia, exento de miedo, carente de responsabilidad, ajeno a los problemas, preñado de ilusión.

12

Durante dos largos años me dediqué a ir adaptando mi nuevo hogar a nuestras necesidades cotidianas, aunque más preciso sería decir que yo me adapté a él ya que no tenía de nada. Decoré y amueblé la casa poco a poco, a medida que las pagas extra nos permitían comprar muebles y electrodomésticos. Tuve que hacer acopio incluso de la ropa del hogar, porque, saltándome una vez más las normas y usos sociales, familiares y «culturales», me casé sin apenas dinero en los bolsillos. Con cuatro utensilios domésticos, entre los cuales la cama de matrimonio resultó una excepción porque fue lo único que compramos al comenzar nuestra relación. Contraje matrimonio con los bolsillos llenos de ilusión y sin ajuar, ese equipaje que toda novia que se precie va reuniendo desde su más tierna infancia. Pero... ya sabe usted, madre, la falta de posibles y el hecho de que yo nunca iba a desposarme, me dejaron, una vez más, fuera de sus previsiones.

Hasta mis nuevos vecinos se asombraron durante el traslado, al ver cómo una de las cajas que yo arrastraba con esfuerzo por la acera se abrió y dejó al descubierto mi verdadero ajuar: cientos de libros y discos de vinilo que resbalaron sobre los adoquines. Aún los conservo como lo que son: un tesoro. Las tres cajas restantes contenían lo mismo, a excepción del baúl en que iba la ropa y la caja donde se hallaba una precaria, horrorosa y mermada vajilla del espantoso Duralex transparente. En ella cualquier plato, incluso la mayor *delicatessen*, perdía su magia. Tres sartenes viejas, dos ollas de aluminio, una cafetera para cuatro tazas, tres toallas, dos sábanas encimeras y dos bajeras más una colcha y dos mantas fue mi único equipo. Ni siquiera teníamos lavadora y menos aspirador. El frigorífico lo compramos el primer año de matrimonio, con las pagas de julio. El televisor aún estaba pendiente de ser nuestro, así lo atestiguaban las veinte letras que nos quedaban por pagar.

A pesar de todo, durante un tiempo fui feliz, muy feliz. Lo fui sin un cuarto en los bolsillos; madrugando, limpiando los fines de semana, asistiendo, por imperativo legal, a las monótonas y consabidas reuniones familiares todos los domingos. Escuchando, día tras día, la famosa preguntita: «Y ¿para cuándo el niño?» Aprendiendo que, a pesar de que pusiese empeño en hacer todo lo mejor posible, en agradar a todos, incluso renunciando a mí misma, jamás sería tan perfecta, tan intachable, como el resto de hijas o nueras. A veces me sentía tan fuera de lugar que llegaba a pensar que mi vida había estado mal encaminada. Debía haberme dedicado de lleno a los libros de cocina o haberme apuntado a algún club «marujil» emparentado con la Sección Femenina de la Falange, en vez de perderme en *El contrato social* o *La teoría de las especies*, que me habían convertido en una completa inútil en el ámbito doméstico y familiar.

Paulatinamente fui sintiendo que la vida se me escapaba. Se me iba sin vivirla, sin habitar cada uno de sus instantes, esos momentos irrepetibles e irrecuperables. La química que había entre Carlos y yo en los comienzos de nuestro matrimonio, pasó a formar parte única y exclusivamente del bote de Ajax, la lejía o el detergente para la ropa. Nuestros respectivos trabajos nos tenían tan invadidos que cuando nos reencontrábamos lo más inmediato e importante era dormir.

Creo que entonces, en aquellos días, fue cuando comenzamos a ser unos completos desconocidos que vivían juntos y tenían planes de futuro, pero que apenas se relacionaban más que lo necesario para que aquello, nuestro matrimonio, siguiera funcionando.

Cuando la química se esfumó, llegó el tiempo en que los sentimientos hibernan. Las paredes recién decoradas cogieron solera, antigüedad. En los cuadros ya no había pinceladas por descubrir. La mirada, nuestra mirada, se perdía en una búsqueda peregrina, angustiosa y vital por encontrar algo nuevo, por volver a sentir.

13

Al cansancio y el desorden emocional de ambos le siguió la intolerancia, la falta de empatía mutua. Aquel maravilloso lunar de mi pómulo que tanto le gustaba a Carlos, que piropeaba con ingenio, se convirtió en una espantosa verruga que, según él, crecía con cada uno de mis mosqueos. Cuando me dijo aquello, solo me faltó la escoba para ser una auténtica bruja. Después, sus ronquidos comenzaron a molestarme de tal forma que, tras varias noches durmiendo en la habitación aledaña, viendo cómo él ni se alteraba, cómo descansaba plácidamente, enrabietada, me planteé una denuncia en el departamento de medioambiente o propinarle un susto repentino que terminara con aquel ruido de una vez por todas. No lo hice por miedo a que le diera un infarto. Tras aquello llegaron las broncas por los insultantes y minúsculos pelos de la barba diseminados por el lavabo y sus aledaños. El mosqueo al ver diariamente los calzoncillos del revés, inmóviles, mostrando sus costuras, desmayados ante mis ojos en el lateral de la cama. Los zapatos repartidos, como si de mojones se tratara, en cada rincón del dormitorio, mientras el zapatero permanecía vacío. Me ponía enferma su insultante desidia, su desfachatez, su pasotismo ante las tareas cotidianas que, gracias a mí, mantenían nuestro hogar en condiciones salubres. Él no entendía que hubiera que fregar, quitar el polvo, retirar los productos caducados de la nevera y los armarios, sacar la basura a diario, colgar las corbatas y los trajes. Ni siquiera encontraba el cesto de la ropa sucia que yo había colocado estratégicamente a la derecha de la bañera, para que no tuviese que hacer más esfuerzo que estirar un brazo y dejar caer la muda. Y lo más terrible era la carita de niño bueno, de no haber roto nunca un plato, del típico turista despistado que no entiende el idioma en que le hablan, que ponía cuando yo lo abroncaba. Carlos no parecía comprender, o no le interesaba hacerlo, que a mí me molestaba tanto o más que a él hacer todas aquellas labores, pero que no tenía opción si quería tener la ropa limpia, comida en la nevera... Su máxima era: «Deberías tomarte todo con más calma», su máxima y su única solución.

Así, poco a poco, terminamos firmando una declaración de guerra. En aquella época fue cuando dejó de llamarme por mi nombre y me puso el apelativo de «Obsesión». Nunca me molestó, no lo consideré un insulto, ni siquiera un adjetivo calificativo, más bien, lo identifiqué como el sentimiento que yo creaba en él. Era evidente que yo lo obsesionaba y... me gustaba. Ser la obsesión de alguien era divertido, aún más cuando, en aquel momento, lo que yo deseaba era «ser algo», significar algo para alguien; aunque fuese una obsesión. Él no se ha cansado de manifestar que aquel apelativo era el más idóneo para describir mi estado de ánimo en aquellos días. Quiero seguir pensando que miente.

Creo que fueron seis meses lo que tardó en desencadenarse la primera crisis. Seis meses de éxtasis y luego seis de desintoxicación del éxtasis. Durante estos, Carlos puso, al igual que yo había hecho con él, todos mis defectos al descubierto, intentando fastidiarme. Yo dejé que creyera que lo conseguía. Digo creyera, porque mis usos y costumbres estaban asumidos desde hacía años y, por tanto, conocedora de mis pequeñas anomalías, las había hecho parte de mí. No era nadie sin ellas. Él no me contaba nada nuevo, ni siquiera había comenzado la guerra, aún estaba preparando la estrategia, una estrategia que yo abortaba cuando se me ponía en la punta de la nariz.

Usted, madre, nunca supo nada. No tuve fuerzas para contárselo. Su vida seguía ausente de la mía. Pensé en llamarla, pero no lo hice. Sabía sus respuestas, sus soluciones, porque, conociéndola, me daría soluciones rápidas y concretas y yo, madre, no buscaba soluciones. Yo, como tantas otras veces, necesitaba que usted me escuchara, que se perdiera en una taza de café caliente, que sus ojos se nublaran frente al humo de mi cigarrillo, que el puchero humeante dejase de ser la pieza clave que siempre colmaba su atención. En aquellos momentos me sentía excesivamente débil para recibir su desaprobación, pues me habría hundido aún más. Sé que usted no habría entendido mi postura, mis reivindicaciones, usted habría defendido a Carlos. Él era el hombre, el hombre de la casa. Aunque yo también trabajase fuera y pagase las facturas, él era el hombre.

14

La decisión de acabar la carrera de farmacia, de dedicar mi sueldo a pagar a una asistenta que supliera mis quehaceres, infravalorados por Carlos, fue uno de mis mayores aciertos, algo de lo que me siento orgullosa. Y a pesar de que en el ámbito profesional no me haya servido para nada, sigo estando orgullosa de ello. En cierto modo lo hice por padre. Siempre me identifiqué con él, soy la que más genes suyos lleva. Fue tanta la simbiosis, el paralelismo que existía entre los dos, que incluso heredé su capacidad de predicción y sus visiones. Esas visiones que usted repudia de mí, madre, que califica de alteraciones de conducta o artimañas del diablo.

Aún recuerdo cómo dos días antes de aquel terremoto nos hizo retirar todos los objetos que pudieran caer al suelo. Cómo encerró el ganado en la cuadra, mientras usted rezaba, rosario en mano, por su alma de pagano. También la visión de Paula, la hija de Fernanda, tres días después de su desaparición. La vio frente a él mientras el ganado pastaba en la ladera del monte. Vestía como un muchacho, con aquellos pantalones bermudas, los zapatos de cordones y el pelo desgreñado. Entonces, la muchacha, sin mediar palabra, lo condujo hasta el pozo donde se encontraba su cuerpo despeñado. Usted nunca creyó que padre hubiera visto el fantasma de la joven, siempre mantuvo que él había encontrado el cuerpo por casualidad. Padre ni siquiera se molestó en rebatir su opinión, su postura, sencillamente calló, como siempre, como solía hacer.

Aquel año, cuando decidí matricularme en la facultad, volví a verle. Fue después de dos semanas afrontando la peor de mis crisis conyugales. Era una mañana de sábado cualquiera, serían las siete y yo, como de costumbre, deambulaba por la casa con cara de insomne. Carlos dormía, dormía y roncaba plácidamente en el dormitorio. En el salón los libros se apilaban sin apenas espacio. Siempre me ha faltado espacio para colocar todos mis libros, pero en aquella ocasión el desastre era manifiesto y, en cierto modo, premeditado. Durante varios días había ido dejando en cualquier sitio los volúmenes que leía o consultaba, por lo que el suelo, la mesa y el sofá estaban prácticamente acaparados por la literatura. Lo mismo sucedía con el resto de los habitáculos, el desorden reinaba en cada uno de ellos. Lo hacía sin que me perturbase lo más mínimo el que no hubiese ropa limpia, comida en la nevera o en la despensa, o que la capa de polvo tuviese un grosor digno de pasar a los libros de historia. Despeinada, con el único atuendo de las braguitas y una camisola, iba de un lugar a otro, abstraída en mis cavilaciones en torno a una única pregunta, una pregunta cuya respuesta no me atrevía a articular: ¿Qué hago aquí? Me serví un café caliente en el único vaso limpio que quedaba y me dirigí a la estantería del salón. Quería volver a leer *Cien años de soledad*. Necesitaba reencontrarme con el gitano Melquíades y plantearme, una vez más, por qué sus predicciones eran invariables, por qué el destino no podía cambiarse. Sentí aquella necesidad después de ver cómo mi casa iba degradándose; como herida de muerte por mi angustia y mi dejadez, perdía cualquier señal de estar habitada. La desidia que invadía mi hogar se asemejaba en parte a la obra de García Márquez. En ella, la vivienda familiar refleja los estados de ánimo de sus habitantes. Cuando los personajes son atrapados por sus propias ideas, cuando se cierran al mundo exterior, la casa se muestra descompuesta. Por el contrario, cuando se abren, la casa está cuidada y rebosa armonía. Miré alrededor con la novela entre mis manos. Pensé en mi pasado y mi futuro. Entonces cuestioné la decisión del gitano, de Melquíades. ¿Fue justo al no dar a conocer el futuro? Si lo hubiese hecho, el destino de los personajes habría cambiado, igual que lo habría hecho el mío de haber sabido lo que me esperaba. Aunque, pensé, si hubiese sido así, también hubiera estado previsto y todo habría sido igual: invariable.

Con cierta sensación de impotencia me dejé caer en el sofá. El libro sobre mi pecho, el café humeante en mi mano derecha y la vista clavada en la calle, por donde ya empezaba a transitar gente con el periódico, los churros o el pan bajo el brazo. Una vez más volví a hundirme en la apatía, a dejarme estar, y mis pensamientos volvieron a estancarse en el mismo lodazal. En ese momento un libro cayó al suelo desde el estante más alto. Era *El Quijote*. Al caer se abrió. Lo miré con desgana. Ni siquiera pestañeé. No me moví hasta que un olor a campo, a hierba recién cortada me llegó desde el pasillo. Volví la cabeza y allí estaba padre, señalando sonriente el libro caído. Intenté levantarme para acercarme a él, pero su imagen desapareció. Cogí el libro por la página en que se había abierto al caer. Uno de los párrafos estaba subrayado: «Déjalos que se rían, Sancho, a

nosotros siempre nos quedará la gloria de haberlo intentado...»

La gloria de haberlo intentado, me dije. Sonreí y bus-
qué un hueco en mi agenda laboral para ir a matricularme
a la facultad.

15

Los años nos envejecen, arrugan nuestra piel, nos desgarran el alma. Desvelan todos los rincones que permanecen ocultos en nuestro sentir. Destapan los pozos negros de nuestra conciencia. Nos dejan ver los precipicios escondidos en las llanuras, camuflados en la fantasía de la ilusión y, entonces, todo comienza a parecer lo que es. Es en ese momento cuando emprendemos esa absurda carrera contra el tiempo, olvidándonos de que hemos empezado a correr a destiempo.

Mientras la gente se amontonaba en los pasillos y los todavía desconocidos talentos iban de un lado a otro con paso firme y seguro, la angustia se instauraba en mi estómago. Las pócimas para la acidez gástrica que por entonces se utilizaban pasaron a ser una parte de mi organismo.

Mi sistema digestivo las hizo tan suyas, les tomó tanto cariño, que tardé varios años en poder prescindir de su consumo.

Poco a poco me sumergí en el mundo de la ciencia y el saber, en el que algunos se establecen como reyes, sin esfuerzo, sin derramar ni una gota de sudor. Sin embargo, yo no derramaba solo sudor, sino también sangre por cada uno de mis poros. Me devanaba la masa encefálica en busca de esa estúpida neurona que no me dejaba memorizar con normalidad. Carlos decía que era culpa del café, del tabaco y de mi estúpida manía de aprender todo sin discernir. Por más que intentaba explicarle que mi carrera se basaba en memorizar, nunca conseguí que lo entendiese.

Al fin conseguí el título, aquel preciado papel que aún hoy no sé dónde guardé llevada por el pánico a que Carlos tomara la decisión de enmarcarlo para, cumpliendo su deseo de ostentación, exponerlo en nuestro salón. Yo era lo que era y a nadie más que a mí le interesaba.

Después de varios intentos frustrados por ejercer comprendí que el puñado de años de estudio y sacrificio solo me facultaba para despachar ansiolíticos, analgésicos y un sinfín de tiritas, aerosoles y preservativos. Eso sin citar la gran variedad de material cosmético innecesario que ha pasado a formar parte del *stock* de las boticas. Pero la necesidad era un hecho. Durante un largo e interminable año mis ojos se atrofiaron intentando descifrar lo indescifrable hasta que conseguí doctorarme, eso sí, de forma no oficial, en caligrafía preescolar. Ni un garabato se me resistía; era la mejor de la plantilla traduciendo recetas.

Mi nueva situación anímica cambió la de Carlos. Aprendió a manejarse en la cocina, descubrió que la ropa no se lavaba sola, ni la nevera se llenaba por arte de magia. Comenzó a compartir conmigo sus dificultades laborales, e incluso comentaba las noticias económicas que leía en aquel periódico que para mí estaba escrito en arameo y era más tedioso y aburrido que los domingueros partidos de fútbol. Jamás he entendido qué sentido tiene ver a un puñado de hombres correr detrás de una pelota. Nuestra vida dio un giro de ciento ochenta grados. Dejé mi trabajo de oficinista, en el que me sentía desubicada, por el de dependienta de farmacia. No ganaba en sueldo, no ejercía, pero me sentía realizada.

Había dejado de traicionarme a mí misma.

Después... llegó él.

16

Adrián se instaló en mi interior sin darnos opción a pensar, sentir o simplemente barajar la idea de tener nuestro primer hijo, al menos así fue para mí. Imagino su expresión al leer estas palabras. El descontento frente a mi consternación. Sé que usted nunca podrá entender el porqué de mi desidia inicial, las pocas ganas que tenía, en aquel momento, cuando había encontrado mi libertad, de ser madre.

Antes los hijos no se programaban, venían cuando tenían que venir. Pero casi siempre venían demasiados, sin un receso amplio entre embarazo y embarazo que dejase espacio para pensar, para una misma. Entonces, el no estar preñada era un estado anormal que había que solucionar con urgencia dando lugar a un nuevo embarazo, así hasta que los óvulos dejasen de existir, hasta que el vientre ancho y cálido de la mujer quedase yermo. El útero, esa gran cuna de vida, se encogía, silencioso y triste, sin saber qué hacer. Sus paredes encalladas por las idas y venidas de tantos hijos comenzaban a llorar. Lloraban por el anhelo, por la carencia, por la costumbre aún no olvidada que fue su hacer constante. Por esa facultad de acoger para crear. Lloraba hasta quedar reseco y quebradizo, estéril de costumbre, que no de necesidad.

Durante los primeros meses de gestación, mis hormonas me dieron más de un problema. Tomaron posesión de mis sentidos, de mi forma de vivir, cambiando mi entorno y trasformando mi carácter. Me hubiera gustado tener antojos, esos antojos traicioneros que te permiten hacer valer tu condición de estrella, de joven madre mimada, de esposa de anuncio de melocotón con nata degustado al amanecer. Haber conseguido levantar al nunca insomne Carlos en una noche de enero, gustoso y sonriente, dispuesto a complacer mis ganas locas y absurdas de un chocolate con churros a las cinco o las seis de la mañana. Deseaba gozar de lo excepcional de mi embarazo para poder fastidiar, siempre me divirtió fastidiar. En aquellos momentos, he de reconocer, me apetecía más que nunca. Sin embargo, no tenía fuerzas ni para abrir la boca. Cuando lo hacía, era solo y exclusivamente para vomitar. Lo único que pude obtener del futuro padre fue que se acostumbrase a la carrera rápida, a contrarreloj, que yo emprendía llevada por la eventual intolerancia alimenticia a la que estuve sujeta durante los tres primeros meses de embarazo.

Mi contrato eventual en la farmacia duró el tiempo estipulado, un año. Los motivos de la no renovación fueron que la plantilla iba a reducirse, pero era evidente que mi embarazo tenía mucho que ver; todo. Carlos encajó la noticia con una calma chicha que me sorprendió. No le importó que no me renovasen el contrato, insistió en que no iniciase trámites legales contra ellos, a lo que yo estaba dispuestísima. Dijo que era sembrar en terreno baldío porque mi contrato era eventual y no había nada que hacer. Pero sus planes iban más allá de lo que yo imaginaba en aquel momento. La situación en su empresa era boyante y él había conseguido establecerse muy bien. El ascenso estaba en puertas y nada mejor para él que no tener preocupaciones añadidas que le restaran tiempo a su nueva situación laboral. Al nuevo puesto de ejecutivo que ya llevaba su nombre y apellidos. Un cargo que le exigiría una jornada a tiempo completo; sin obligaciones ni ataduras de ninguna condición. Él no podía perder ni un minuto en fiebres, pediatras o bajas imprevistas de la canguro. Si yo seguía trabajando era evidente que tendríamos que compartirlo y aquello era inviable. Así pues, mi despido le evitó tener que planificar, con sumo cuidado, una propuesta para convencerme de que lo mejor, dada su nueva situación, era que yo dejase mi trabajo. Algo que él ya tenía casi pergeñado. Llevaba maquinándolo desde que el test dio positivo.

A pesar de todo me apunté a las listas del paro. Envié una veintena de currículos y fui a unas cincuenta entrevistas, pero en el momento que veían mi avanzado estado de gestación, me pedían el teléfono y, con una sonrisa de oreja a oreja, decían que me llamarían. El teléfono, como era de esperar, nunca sonó.

17

Cuando por fin parí aquel ansiado hijo y sus peque-ños aullidos de cachorro humano entraron en nuestra vida, cambiando nuestro presente, consumiendo nues-tro tiempo, coartando nuestra libertad, comprendí que el amor había vuelto. Entró en mi vida y, como tan-tas otras veces, me robó la libertad. Me tiranizó lleván-dose todo lo referido a mí. Hizo garabatos sobre mi nombre, solapó mis necesidades con las suyas. Con-siguió que volviese a mis fueros internos, que dejase de ser yo para dedicarme en exclusividad a él. Esta vez venía con diferente apellido. Era más ancestral si cabe, más profundo que el que yo había conocido. Se apro-vechó de mi ignorancia y tomó posesión de mí. Poco a poco me fui sumergiendo en su vida, en sus necesidades, hasta dejar, una vez más, mis inquietudes morir.

Adrián creció feliz, hermoso, natural como la naturaleza, exigente de atención y cuidados como ella. Carente de principios, codicioso, y como todos: egoísta. Durante tres años paré el tiempo. Me volví felizmente estúpida, monótona e imprescindible a tiempo parcial, una parcialidad con la que no había contado.

Envejecida, entubada por el amor materno, primerizo e incauto, me enredé en sus garras llenas de biberones y pañales por cambiar. Dejé que sus ojos negros traspasaran los umbrales de mi alma, haciéndome vulnerable a cada uno de sus llantos. Fui dichosa; a pesar de mis renuncias, a pesar de haberme dejado llevar, lo fui. Lo fui hasta que se fue.

Está amaneciendo, la noche ha pasado veloz, envuelta en estas confesiones que siempre quise hacer junto a usted. Cobijada por el maldito insomnio que acompaña mi soledad desde hace años. Mi mano tiembla, ha sido demasiado tiempo el que he permanecido hablándole de mí, de lo que soy y siento... de lo que fui; de esas pequeñas cosas que el tiempo arrastra aquí y allá.

Las estrellas se pierden sin que su luz se haya visto, cegada por otra luz artificial, por la que ilumina esta gran ciudad. Apenas quedan treinta minutos para emprender el vuelo que nos llevará a la gran presa, y más tarde a la ciudad que le da nombre, primer destino de mi anhelado viaje. Desde el avión, quizá vuelva a escribir, si me dejan las náuseas, el vértigo o ese pavor que estalla dentro de mí cuando mis pies se separan del suelo. Si supero el cansancio de esta sórdida noche de insomnio.

18

Asuán, a la que los griegos bautizaron con el hermoso nombre de Elefantina, se alza valiente bajo este pequeño e inseguro avión. El cansancio ha hecho que mi sistema nervioso deje de funcionar con normalidad. Creo que, por ello, no he sentido vértigo.

Abajo, la gran presa de Asuán ahoga los gritos de furia, aún vivos, del gran Ramsés II ante la violación de su gran capricho: el templo de Abu Simbel, perdido en el desierto de Nubia. Los cuatro colosos se alzan victoriosos a salvo de las aguas del poderoso, del ancestral Nilo, desafiando con su belleza a la muerte. Intentando con su excelsitud rozar a Dios. Nefertari permanece inerte al lado de su señor. Viva, imperecedera en su templo se deja imaginar hermosa a simple vista. Sufrida, inteligente, ávida de pasión, etérea y silenciosa dentro de mí. Sus grandes ojos toman los reflejos de los papiros, despojados en la prensa del azúcar y el agua que le da vida a esta planta de forma piramidal. El entrelazado de sus fibras se hace tenso, recio, inalterable, dando cobijo en su áspera superficie a la imagen de la perfección encarnada en un rostro de mujer.

El lago Nasser, hijo del progreso, hacedor de aldeas que se aferraron a su creación sabiendo en él su único salvador, muestra sus aguas dulces. Las montañas de arena acariciaban nuestros ojos, desbocando con su aterciopelado contorno nuestra imaginación.

El templo de Filae reposa seco en la isla de Egelika, a salvo de las aguas del magnánimo y a veces excéntrico Nilo. Sus pilones se levantan impolutos, perfectos, engañando al tiempo, guardando en sus paredes el secreto de la eterna juventud, quizá consagrada por las aguas llenas de vida de este gran río que amamanta impetuoso a su más amado hijo: el grandioso, el imperecedero Egipto. Atrapado por el tiempo y la imprecisión humana, se alza solitario *el gran obelisco incompleto*, el que hubiera medido 41 metros de alto y pesado 1.267 toneladas. Aquel gran bloque de piedra que la hermosa dama de Egipto, Hatshepsut, quiso erguir. Varias grietas aparecieron en su superficie y esto hizo que no fuese desprendido nunca de la gran masa de roca que lo circunda, convirtiéndolo, para mí, en el más bello de todos.

El brillo de Venus nos acompañará durante las primeras horas de navegación por el Nilo, y entonces, madre, retomaré una vez más este monólogo.

19

Han pasado tres largas horas en las que este barco con forma de milhojas recorre el Nilo, el padre Nilo. El sol se va despacio, oscureciendo este horizonte dilatado. Sus largos dedos se agarran a la superficie de sus aguas tiñéndolas de naranja. Es un color tornasolado, pigmentado por la arena mágica del desierto que lo envuelve todo. A los lados, en las márgenes, los pueblos parecen deslizarse. Las pequeñas casas de adobe dejan al descubierto la magnitud y el triste esplendor de la pobreza. Las mezquitas se aproximan, asaltan los objetivos de las cámaras que invaden la cubierta del barco. Las mezquitas están en todas partes; supermercados de la ilusión, sucursales bancarias de la esperanza.

Desde que embarqué, permanezco entre el grupo intentando preservar mi anonimato. Mi aspecto no es el de la clásica turista alegre, dicharachera, ávida de experiencias nuevas, de información. Mi aspecto y ánimo es... terrible. La carencia de descanso ha erosionado mi cuerpo y mi carácter. Los demás pasajeros parecen preocupados por mi aislamiento, por intentar averiguar la extraña falta de pareja en un viaje tan largo y poco habitual para realizar a solas. A diferencia de la mayoría, no he fotografiado absolutamente nada. No ha sido por falta de ganas, sino por el despiste crónico que padezco desde que embarqué en dirección a este país. Un despiste y una desidia que han hecho que olvide la cámara en el hotel. Una desorientación anímica selectiva que solo me permite recordar el pasado y perderme en el presente, y de la que me ha sacado la soberbia mirada del joven guía árabe que nos ha tocado en suerte. Nada más verle, madre, supe que era él, el árabe de mis lienzos. Él me ha traído hasta aquí.

Omar es nuestra voz en la oscuridad. Sus labios son los labios de la historia que nos hablan, haciendo que nuestra imaginación vuele con sus palabras, viaje a través de los siglos, respire el aire quieto del pasado. Cuando sus grandiosos ojos negros rozan los míos, me siento terriblemente dichosa. Cuando su cabeza gira hacia la orilla de la vida y su mano de dios egipcio se alarga señalando el horizonte, mi anhelo por oír su voz se agudiza. Omar sonríe. Su cara adopta una expresión de alegría con cada una de sus escuetas explicaciones y, con ella, con su expresión, descarga un grito de ansiedad en mi delgado cuerpo. Omar es joven, fuerte, duro y un gran observador.

Siempre me atrajo lo desconocido, lo inalcanzable. Él se muestra distante, ajeno a mis inquietudes. Sus pensamientos esquivan mi análisis, permaneciendo vírgenes, infranqueables, sin cimentación posible. Mi curiosidad intenta invadir esa intimidad aparente, ahondando a través de su pupila, buceando en sus gestos, en el tono de sus palabras. Pero sus ojos de halcón vuelan alto. Su corazón parece agitarse ante la evidencia de una presa fácil, y arrulla mi grito con una sonrisa furtiva que no sé interpretar.

Es insólito, difícil de explicar el vértigo que siento, el acceso de locura que invade todo mi ser. La apetencia visceral, incontrolada, por entrar en su presente. Omar ha dado un sopapo a mi aturdido corazón. Ha oído mi sonrisa, ha reparado en mis pensamientos y hemos reído juntos sin saber qué decir. Ahora deseo su cuerpo, anhelando que él, como predijo Sheela, también desee el mío. El viento desplaza mi pelo hacia atrás. Siento cómo observa mi mano, cómo roba mis gestos, cómo siente mi deseo; ¡es tan hermoso sentir!

20

El aire huele a tarde de otoño, a mandarina y papel. Como olía entonces. Como olía aquel día en que Adrián, al quedarse en el colegio, por fin, dejó de llorar. Había crecido. La línea de su horizonte dejó de ser una vía pecuaria y se convirtió en una gran autopista por donde correr hacia confines muy alejados de los míos. Donde perderse, encontrarse y volverse a perder sin que ello le supusiera ningún quebranto, ni la más mínima preocupación.

El agua salía por los caños de aquella horrorosa fuente que coronaba la plaza del pueblo, y yo vagaba sin saber si ir a comprar el pan o echarme a llorar. Aun así, aun errante y sola, era un poco feliz. Sí, madre, feliz porque mi niño crecía, pero, al tiempo, me sentía pavorosamente triste, un poco muerta. Aquellos días estuvieron llenos de horas yermas. Fueron estériles de gritos, de risas, carentes de expresiones; de sus irreemplazables expresiones que habían aminorado, hasta entonces, la monotonía que colgaba de las cortinas, que se empapaba del polvo acumulado en los estantes, la falta de conversación, de una mirada cómplice o una sonrisa a tiempo perdido, de todas aquellas horas de tedio y soledad.

La sonrisa cálida y complaciente, junto con el efusivo y apretado abrazo, con que Adrián me obsequiaba a la salida de clase en cada uno de nuestros encuentros, fue convirtiéndose paulatinamente en un simple y despegado «¡Hola, mami!».

Mientras él estiraba sus brazos intentando en cada luna rozar el cielo, a mí las estrellas fugaces dejaron de concederme deseos. Comencé a cerrar los ojos cuando su estela iluminaba el diminuto horizonte de mi terraza llevada por el temor de que algún pedazo de meteorito cayera sobre los insulsos geranios, que daban color a los ventanales ribeteados en PVC blanco. Por aquellas ventanas se colaba el viento del norte, la brisa del verano y el silencio de las mañanas gemelas, imposibles de diferenciar una de otra. Tan semejantes entre sí que llegaron a trastornar mi realidad. Poco a poco me fui construyendo un patrón a medida. Pespunteando entretelas, almidonando puños, cosiendo botones, diseñando disfraces, el pensamiento se me atoró.

El barco acaricia el perfil de la pequeña ciudad de Edfú. Debo dejar de escribir. Ra asoma sus dedos y escudriña mi cuerpo. Aquí todo es diferente; él también. Ra se acerca insistentemente, olisqueando nuestra débil y foránea piel, arañando la superficie de nuestro cuerpo como un gran perro guardián que protege el templo de su amo. El agua fluye incansable y una de las frases que componen el himno al Nilo se instala en mis pensamientos durante su contemplación: «¡Salve, Nilo!, resplandeciente río que das vida a Egipto entero.»

A medida que nos aproximamos a Edfú, Horus comienza a dejarse notar. El viento parece batir sus alas invisibles, rápidas, perfectas, endiabladamente hermosas. Sus ojos de rapaz escudriñan en nuestro conocimiento lleno de una codicia de saber enfermiza y atemporal. El gran dios halcón espera en su templo oteando siglo tras siglo el horizonte. Allí en Mamisi —el lugar del parto— renace día tras día.

Cuando la noche vuelva y Tot, el dios lunar, se haga dueño de mis palabras, entonces, madre, nos volveremos a encontrar.

que habría en los armarios de mi niñez. En sus cajones de
madera de pino guarda las castañas de noviembre, acei-
que era sometida en las tardes engalanadas con bocadillos
de pan y chocolate, se quedó prendida en mis recuerdos,
en mi carrera a lomos del tiempo. En esos días en los que

21

En el interior del barco el aire es denso. Su olor me
sumerge lentamente en ese pasado que, a pesar de haber
muerto, se niega a dejar de existir. Es una fragancia im-
pregnada de madera y agua, tan antigua como el mundo,
y que, como él, esconde celosamente la fórmula utilizada
en su creación. Semejante al perfume que tenían sus armarios, madre. Aquellos armarios con el fondo de los estantes y cajones forrados de papel blanco. En su interior no
faltaban pastillas de jabón de lavanda deslizadas por usted
entre la ropa.

Recuerdo las tardes de octubre, el aroma que se escapaba por sus bisagras y que durante días permanecía im-
pregnando nuestra ropa. Jamás ningún armario tuvo ese
olor, esa fragancia entrañable, profunda, segura y familiar

que habitó en los armarios de mi niñez. En sus cajones de madera de pino guardé las castañas de noviembre, acericos llenos de alfileres para estrenar en abril y mis primeros poemas.

La encina, mi encina. Aquella áspera encina insociable y desconfiada que arañaba mi piel durante las escaladas a que era sometida en las tardes engalanadas con bocadillos de pan y chocolate, se quedó prendida en mis recuerdos, en mi carrera a lomos del tiempo. En esos días en los que aún no existe el miedo a envejecer. Años después, uno de sus frutos hizo posible que la sombra de mi infancia se volviera a instalar en mi jardín. Bajo la silueta de sus ramas y el crujido seco y punzante de sus hojas, volví a ver acercarse los inviernos, los tristes inviernos, esos que invaden mi reminiscencia, inacabablemente inacabados. ¡Dejé tantas cosas por hacer! Tantas palabras sin pronunciar, tantos besos por dar, tantos corazones sin labrar en su tronco. En ese tronco áspero y seco que aún sigue creciendo en nuestro jardín. Donde Mena, durante las horas más calurosas del estío, se cobijaba para pintar.

22

Me quedé embarazada de Mena cuatro meses después de que Adrián comenzara el colegio. El embarazo fue imprevisto, y lo fue porque Carlos y yo atravesábamos una época en la que nuestra relación volvía a hacer aguas. Yo pasaba los días encerrada en una jaula de oro. Sin más compañía que mis novelas, la radio y un grupo de madres del colegio que solo hablaban de los problemas escolares de sus hijos, del plato estrella de los domingos, de la depilación láser o de la confección de tal o cual disfraz. Actividades, todas ellas, en las que yo era una completa inútil. También estaban los típicos rasgados de vestiduras ante la forma y manera de ser o de vivir de algunas de las mamás de los compañeros de clase de nuestros retoños. Cuando las reuniones emprendían aquellos derroteros solía levantarme de la mesa con alguna súbita excusa y abandonaba, disculpándome, el desayuno o la merienda. Mis huidas repentinas me condujeron, durante mucho tiempo, a ser el blanco de cuantiosos y variados recelos.

Carlos permanecía sumergido en su reciente ascenso que nos permitiría pagar la totalidad de la hipoteca en un tiempo casi récord para una familia normal. Su objetivo era vender el piso sin un solo recibo de préstamo pendiente y establecernos fuera de la capital. Siempre quiso vivir en un chalet, tener jardín y barbacoa, un jardín que jamás cuidaría ni disfrutaría. Debido a la lealtad y dedicación plena que profesaba a su empresa, donde hacía de todo menos dormir, apenas nos veíamos. Una de las consecuencias del distanciamiento fue que nuestras relaciones sexuales se fueron reduciendo y espaciando peligrosamente, tanto que a mí, las pocas veces que surgía, me costaba ponerme por la labor. Mis necesidades eran más anímicas que físicas. Mientras él se moría por ir al grano, yo mendigaba un simple y tranquilo abrazo. Una charla a la luz de las velas, oler su perfume mientras le acariciaba la nuca, sentir sus manos deslizarse por mis muslos con deseo pero sin ansia. Necesitaba volver a sentirme viva y deseada, no «cumplida». Volver a ser mujer, su mujer.

El cuidado de Mena y Adrián durante su más tierna infancia fue lo que consiguió que no volviese a derrumbarme

como me había ocurrido en los comienzos de nuestro matrimonio. Fue lo que evitó que le enviase la cama de matrimonio y la muda por mensajero a la oficina; algo que reconozco
me pasó más de una vez por la cabeza. Aquello era lo único
que le faltaba en el despacho para que este fuese su casa.

como me había ocurrido en los comienzos de nuestro matrimonio. Fue lo que evitó que le enviase la cama de matrimonio y la muda por mensajero a la oficina; algo que reconozco
me pasó más de una vez por la cabeza. Aquello era lo único
que le faltaba en el despacho para que este fuese su casa.

23

Pasó demasiado tiempo hasta que nos establecimos en aquella urbanización, tan de moda y tan socialmente discutible, situada en la periferia de la capital. Mena y Adrián despuntaban adolescencia y comenzaban a ver como viejos a los hombres y mujeres que tenían la edad de Carlos y la mía. Carlos, como de costumbre, viajaba; viajaba y viajaba, más que antes, más que nunca. Y yo esperaba; esperaba y esperaba, más que antes, más que nunca. Así, nuestra nueva vida, poco a poco, viaje tras viaje, se convirtió en un reencuentro que nunca llegó a conseguir reunirnos de nuevo. Caminábamos por el mismo sendero, pero perseguíamos un destino diferente. Yo viajaba sola.

Adrián y Mena se habían instalado con éxito en aquel nuevo entorno social, socialmente discutible, al que habíamos podido acceder gracias a la movilidad territorial del nuevo, trascendental y bien remunerado puesto laboral de mi esposo.

A los pocos días de instalarnos en nuestra nueva casa, adherida a la de Remedios por el lado derecho, su encantadora y perfecta sonrisa atravesó las barreras arquitectónicas instalándose como un monumento municipal en el, por entonces, desértico espacio de tierra que sería trasformado en oasis, en diminuta pradera de vistas compartidas y barbacoas asiduas, de olores tostados y humo de carbón vegetal. Su hijo, Jorgito, ya andaba arrastrando su genial culete por los laterales circundantes a nuestro jardín. Siempre sucio, comenzaba a dar el visto bueno al cariñoso apodo con que Mena le obsequiaría meses más tarde: Atilita rey de las plantitas. Jorgito escalaba con genialidad innata todos los obstáculos que encontraba a su paso. El camino diario que daba origen a la incesante poda manual, completamente artesanal, que practicaba antes de dar comienzo a la ingestión de todos los productos de la horticultura ornamental que Remedios había insertado en su precioso jardín. Insistentemente sometido a la agresión de su herbívoro cachorro. Él, Jorgito, sentía especial predilección por las margaritas blancas, que aderezaba con puñados de la tierra enriquecida por los sustratos que añadía Remedios todos los meses. A mí me encandilaba su carita de bebé malo y peleón, terriblemente desaliñado, arrastrando los lazos de raso azul marino con los que su incansable y limpísima madre lo decoraba como si fuese un pastelillo; porque Jorgito era comestible. Tan pequeño, tan flexible, tan inteligente, tan encantadoramente sucio, tan bebé. Remedios decía que le estaba quitando la vida, la vida y la belleza que siempre habían tenido sus manos. Para Remedios, la limpieza, el aspecto físico y las entrañables y cómodas barbacoas que aprovechaba para preparar en cuanto un rayo de sol acariciaba su jardín, eran la sal de la vida. Afirmaría que de su realización, en aquellos días, dependía el buen funcionamiento de algunas de sus constantes vitales.

Cuando retomo el pasado, su imagen me llega clara, estupenda, perfecta, exquisitamente vestida y maquillada, pertrechada tras el mandil rosa, estirando sus manos hacia una butifarra semicarbonizada. Remedios era, y es, extraordinariamente simple, imposible de complicar. Es un don, siempre he pensado que es un don del cielo no ver más allá de tus narices.

A pesar de su verborrea materialista y sin sentido, me gustaba. Me volvían loca las estupideces constantes que decía, todas ellas, aderezadas con algún toque indicativo de su dominio del inglés *achiclado* que aprendió bajo la tutela de su avanzado papá, propietario de una cadena de embutidos, cuya especialidad era la butifarra, estrella indiscutible de las adosadas barbacoas. La grasienta butifarra de papá Fermín estaba exquisita. Doy fe de ello, ya que durante las reuniones vecinales, que se remontan a los inicios de la formación de la comunidad, todos tuvimos la oportunidad de darnos el sublime y gratuito atracón de rigor.

Sin Remedios, una parte importante de mi vida estaría vacía, carente de risas y simplicidades. Anónima del espíritu de la buena gente. Porque Remedios es, dentro de su ignorancia, extraordinariamente ingeniosa y divertida, pero, sobre todo, buena gente.

Durante muchas noches permanecimos juntas. Los plenilunios envejecían clareando el horizonte. En el jardín, los murciélagos volaban constantes, monótonos, con precisión absoluta sobre nuestras cabezas. Invadiendo el oscuro cielo, envueltos en la turbiedad del anochecer. El licor de bellota dejaba un vestigio de placer adherido a nuestros pensamientos y Silvio Rodríguez sonaba al fondo, en el hueco oscuro del salón. Su voz se mezclaba con la fragancia del jazmín mientras el humo de los cigarros garabateaba siluetas en el porche. Así, sus ausencias, las de ellos, las de nuestros maridos, se fueron convirtiendo en las nuestras. Juntas dejamos de mirar el reloj y el cielo inhóspito de la noche se hizo nuestro. Los deseos se pararon junto al porche y el ruido de las idas y venidas de los coches, que nunca paraban en nuestros garajes, dejó de hacernos daño. Durante aquellas charlas eternas de cafés y cervezas, empachadas de patatas fritas, en aquellas tardes de domingo vacías de maridos, cargadas de niños, preñadas de la música de Milanés y Silvio, nos convertimos en hermanas, hermanas de penas, de anhelos y carencias; cómplices en la soledad.

Hasta que él, guitarra en mano, se instaló en el chalet de enfrente.

24

Su llegada fue como asistir en directo a la grabación de un *spot* publicitario. Como ver a Richard Gere interpretando a Mr. Jones en la escena en que él pasea sobre un andamio a muchos metros del suelo, sonriente; decidido, loco, rematadamente loco, y rematadamente atrayente. Se bajó de un Citroën 2CV amarillo atestado de maletas y fundas de instrumentos musicales y sin vacilar se dirigió hacia nosotras, que permanecíamos en el porche mirándolo fijamente, como si fuese una aparición. Ambas teníamos un colocón importante de licor de bellota. Nuestro estado de «euforia» no impidió que oliésemos su sensual perfume, que apreciásemos los músculos de sus brazos morenos, su encantadora sonrisa...

—¡Hola! —exclamó al tiempo que extendía su mano—. Soy Andreas.

—¡Hola! —respondimos al unísono con cara de bobas, sin dejar de mirarlo de arriba abajo.

—Tengo un problema —explicó con una media sonrisa que delataba cierta suspicacia—, hasta mañana no me dan la luz y he pensado que quizá podríais dejarme unas velas...

No solo le dejamos las velas, también el licor de bellota, el chocolate y el maravilloso postre que Remedios había preparado por la mañana para su marido. Un marido que, como el mío, había tenido el tradicional imprevisto que postergaba su regreso hasta el día siguiente. Así pasamos la primera noche con Andreas, riendo hasta entrado el amanecer, hablando de todo, de lo divino y lo humano. Con más licor que vergüenza en nuestras cabezas y sintiéndonos vivas de nuevo.

Desde aquel momento compartimos todos sus ensayos en el garaje, sentadas en el suelo sobre una de las mantas que Andreas utilizaba para casi todo, porque Andreas no tenía mobiliario. En la casa solo había un colchón en el dormitorio, varias cajas que empleaba para todo como si estas fuesen una herramienta multiusos, sus guitarras y el equipo de grabación.

Poco a poco el acercamiento entre él y yo fue haciéndose más evidente y Remedios comenzó a poner las típicas excusas para dejarnos el mayor tiempo posible a solas. Cuando reflexiono sobre la reacción que tuvo Remedios, aún me impresiona. Jamás le comenté la atracción que Andreas ejercía en mí. Nunca le dije que cuando él fijaba sus ojos en mis labios me hacía tiritar por dentro y que el más mínimo roce de sus manos me estremecía. Sin embargo, ella lo supo, creo que lo percibió desde la primera noche.

Durante dos largos meses compartí con él la composición de varias de sus canciones. Dimos largos paseos al anochecer, bajo la mirada inquisitoria de media urbanización y la mía pendiente del móvil por si Mena o Adrián me llamaban desde el internado inglés en el que Carlos se había empeñado en matricularlos ese año. Preparamos la cena juntos, pusimos las velas sobre el viejo hule que protegía una de las cajas que hacía las veces de mesa y vivimos, vivimos como hacía tiempo que yo no sabía vivir.

Por entonces, Carlos estaba en Londres, la expansión de la empresa le tendría tres meses en la capital inglesa, tres meses en los que los cimientos de mi vida estuvieron llenos de flores silvestres en los jarrones que adornaban el suelo vacío de la casa de Andreas por las noches. De velas que iluminaban cada rincón de mi alma, de country, de jazz, del olor que desprendían las varitas de incienso al quemarse, de las letras y acordes de sus canciones. De aquellas duchas juntos en las que nuestros cuerpos parecían uno. De sus manos frotando mis brazos con jabón bajo el agua que nos empapaba. De sus ojos pendientes de no perderse ni uno de los lunares de mi espalda. De aquellos maravillosos silencios en los que solo nos mirábamos y que siempre acababan con un beso.

Cuando terminó, estuve varios meses perdida en un silencio que nadie notó y del que nadie, excepto Remedios, sabía el origen. Aún hoy, madre, cuando recurro a esa costumbre malsana que tenemos las personas de rememorar los sinsabores, los labios se me cierran y me cuesta articular palabra sin que se me escape una lágrima.

Al volver mi marido de Londres tuvimos que reducir nuestros encuentros. Creo que Carlos jamás supo lo que había sucedido, y si lo supo o lo sospechó, no dio muestras de ello. A su regreso notó algo diferente en mí, pero, como solía ser habitual, le restó importancia; le dio la misma trascendencia que me daba a mí:

—Estás diferente —me dijo mirándome de arriba abajo—. ¿Qué es?, ¿te has cortado el pelo? Pareces más joven. —Y siguió caminando con el *trolley* tras él hacia el dormitorio.

Dos semanas después del regreso de Carlos, Andreas desapareció de mi vida. Aún recuerdo aquella mañana con precisión. Como de costumbre, me levanté sobre las siete. Era lunes. Me asomé por la ventana de la cocina, me puse un café y con el vaso en la mano salí al jardín para contemplar el coche de Andreas aparcado en la entrada. Para ver cómo él, desde su cocina, levantaba la mano y me saludaba, a la espera de que Carlos abandonase la casa para volver a reencontrarnos. Desde hacía meses aquella se había convertido en mi forma de comenzar el día. Pero aquel día él no estaba. En su lugar, sobre la persiana, había un grafiti de una mujer desnuda bajo la lluvia. Era yo. La contemplación del dibujo evitó que saliera corriendo y tocase el timbre con vehemencia. Levanté el teléfono y marqué el número de Remedios.

—Lo sé —dijo ella—, se ha ido. Anoche dejó un paquete en casa para ti. En cuanto vuelva de dejar a Jorge en la guardería te lo acerco...

Solo contenía un CD. Tenía grabada la canción que había compuesto para mí, para la mujer de agua, como me llamaba. Nunca más he vuelto a saber de él.

Andreas y yo jamás hablamos de nuestra relación, de los porqués, del futuro... Nos dejamos llevar y sentimos juntos sin ningún tipo de prejuicios o ataduras. Él nunca cuestionó mi matrimonio, mi vida, el tipo de vida tan estática que llevaba. No formuló ninguna pregunta, no hizo ni un solo comentario ni me exigió nada. Aquella historia, nuestra historia, fue como las que surgen en los albores de la adolescencia, lo único importante era vivir y, en consecuencia, sentir. Jamás hablamos de su marcha, pero era algo evidente. Un futuro inevitable, porque él era un nómada, un nómada de sentimientos. Yo, un dragón milenario con demasiadas raíces emocionales que me ataban a un sinvivir preñado de sinsentido.

Cuando pienso, cuando le recuerdo, le imagino haciendo feliz a otra mujer, a una de las tantas mujeres solitarias y mudas que se esparcen como flores marchitas por los confines del mundo. Le imagino partiéndose el alma por arrancarles un beso, una sonrisa, una confidencia a media voz y cabeza gacha. Y no me duele saber que será otra a la que dedique sus caricias, su tiempo, sus canciones. Lo único que me lastima, que aún me lesiona el alma, es no haber podido besarle antes de marcharse. Besarle una vez más.

25

Mi vida volvió de nuevo a sus cauces de abatimiento. Los niños regresaron del internado, Carlos seguía como siempre, pisando la casa exclusivamente para dormir. El dueño del chalet en el que Andreas había vivido de alquiler decidió venderlo. Lo hizo una mañana de agosto, cuatro meses después de que Andreas se marchara. Durante aquellos cuatro meses contemplé todos los días el grafiti de la persiana, a la espera de que la puerta se abriera y apareciese él, Andreas. Aquella mañana de agosto se abrió. Y apareció el dueño del chalet, cubo y estropajo en mano, dispuesto a acabar con la mujer de agua. Frotó varias horas. A cada restregón exclamaba en voz alta: «¡Estos *hippies* de mierda! Encima de estafador, grafitero. ¡En qué hora, en qué hora!» Cuando terminó, puso un cartel de SE VENDE en todas y cada una de las ventanas.

Remedios y yo volvimos a nuestras charlas en el porche, al licor de bellota y la música de Silvio y Milanés. Ella, a compartir conmigo las tramas de las novelas rosa que leía con avidez, y yo a intentar que también leyese algo diferente de vez en cuando. Aquel otoño comencé a escribir de nuevo, a escribir y pintar. Y aunque exponía mis obras hechas a lapicero a todos, Carlos no manifestaba ante mi trabajo más que un «Precioso, cari, muy bonito» o, «Luego le echo un vistazo con más calma. Ya voy con retraso. Ahora me es imposible concentrarme, estoy *overflow*». Adrián me sugería, con insistencia mercantil, que me pasara de los lapiceros al óleo porque mis dibujos serían más vendibles. Lo decía intentando convencerme de que debía vender porque si no, aquello, el que dedicara varias horas diarias a dibujar, no tenía mucho sentido. Mena decía que eran dibujos buenísimos, preciosos y se marchaba rápidamente a su cuarto, donde le esperaba el correo electrónico y el teléfono. Por aquel entonces pasaba la mayor parte del tiempo enganchada al auricular de su móvil y al ordenador, el resto frente al espejo del baño o seleccionando la ropa que iba a ponerse para tal o cual «quedada».

Los días de lluvia, cuando todos se marchaban, subía al desván, esparcía mis dibujos sobre el suelo, conectaba el equipo de música, introducía el CD de Andreas y, con los ojos cerrados, escuchaba su canción: *That Woman*, la canción que compuso para mí, la mujer de agua. Durante mucho tiempo, aquello fue lo único que llenaba y apaciguaba mi alma: su entendimiento, su conocerme, su habitarme. Porque él me habitó, supo quién y cómo era yo. Solo él.

Después llegó Sheela.

26

Dentro de aquella pequeña tienda olía a madera de pino; a betún de Judea, a incienso, a hierbas medicinales y al perfume que desprenden los ingredientes de los hechizos. El local estaba situado en una callejuela estrecha y empinada del pueblo, casi a las afueras. Remedios y yo habíamos escuchado algún que otro comentario sobre la propietaria en nuestra urbanización. La rumorología apuntaba que se dedicaba a algo más que a la homeopatía. Afirmaban que era echadora de cartas y ejercía la nigromancia. En el pueblo levantaba recelos, sobre todo en los círculos parroquiales. Poseía un carácter endiabladamente abierto, fresco y vital. Tan fuera de convencionalismos y normas que tenía la desvergüenza de asistir a los oficios religiosos cuando le venía en gana, aun sabiendo que su presencia incomodaba a los feligreses. El párroco le manifestó, en más de una ocasión, que debido a las artes que ejercía en su negocio, no era bien recibida en su iglesia. Que los fieles le tenían presionado y el día menos pensado, a pesar de los pesares, se vería obligado a negarle la entrada. Pero ella, Sheela, hacía oídos sordos a las advertencias del viejo cura, incluso le sonreía con afecto, con aire de absolución y gesto cariñoso. Después, ante la mirada casi suplicante del anciano, dejaba que el murmullo de los parroquianos allí congregados acompañara sus pasos. Se persignaba y entraba a rezar siempre que le apetecía.

Hacía más de cinco años que Andreas había abandonado mi vida, y en ese tiempo no dejé de pintar y escribir. Expuse en diversas salas dependientes de las concejalías de Cultura de los pueblos cercanos. Vendí varios óleos y dibujos a lapicero. Convertí el desván en mi estudio y seguí más sola que nunca. Una semana antes de que Remedios me persuadiese de visitar el herbolario de Sheela, había iniciado un seriado. Este se compondría de rostros de varones de razas diferentes. Representaría a cada uno de ellos en las cuatro etapas más significativas de su desarrollo: niñez, pubertad, madurez y vejez. Era un proyecto ambicioso que quería presentar a un certamen cuyo premio consistía en dos billetes de avión a Egipto. Desde siempre había querido realizar ese viaje y en aquel momento ganar el certamen podía ser la oportunidad de realizar mi sueño sin tener que pedirle a Carlos ni una peseta. Sabía que él no pondría objeción a pagarme el viaje, pero desde hacía tiempo me resistía a pedirle más dinero del imprescindible para las necesidades del hogar y de nuestros hijos. Mis gastos personales los cubría con los escasos ingresos que obtenía de las ventas de mis cuadros y alguna que otra corrección literaria. Aunque él seguía manteniendo, de cara a la galería profesional y vecinal, el estatus de pareja de Hollywood, nuestra relación era cada día más distante.

A pesar de que los personajes, los modelos de mis cuadros, no eran reales, de que no existían más que en mi imaginación, antes de ponerme con el seriado tuve que documentarme para que el proceso de envejecimiento de los rostros siguiera las pautas naturales de las personas en su desarrollo físico por razas y características propias de cada individuo. Remedios se implicó en el proyecto a tal punto que dejó de lado la lectura de las novelas rosa y se convirtió en mi documentalista. Fue tal la complicidad y el entusiasmo que ambas generamos en la realización del proyecto que, si resultaba ganadora, decidimos que el viaje lo haríamos juntas. Pero yo sabía que ella era incapaz de abandonar ni un solo día a su Jorgito y a Eduardo, su marido. No obstante, hasta el último momento mantuve la esperanza de que le echara un par de ovarios y se viniera conmigo, aunque fuese con lo puesto. El día que me despedí de ella, le mentí premeditadamente, lo hice para no ponerla en la tesitura, en la cruel tesitura, de que tuviera que volver a darme las mismas explicaciones de siempre. De volver a ver cómo lloraba al decirme: «Es que yo le quiero. Sí, Jimena, le quiero con toda mi alma. Y él, a su manera, también me quiere. Sí, Jimena, aunque no lo creas, me quiere. Su único defecto es que le pueden las faldas. Pero... a mí me quiere de verdad, a ellas no, Jimena, a ellas no.» Siempre concluía gimoteando, dedicándome una mirada compasiva que me rompía el alma.

Eduardo era su príncipe azul, el príncipe de cuento que jamás la rescató de la torre. Pero..., como ella decía, y tenía razón: era su príncipe.

Comencé el seriado con el rostro de un niño árabe y seguí por su adolescencia. Cuando emprendí el dibujo correspondiente a la madurez los trazos del boceto parecieron cobrar vida propia. El lápiz se deslizaba sobre el papel con vehemencia. Concluí el esbozo en apenas dos horas. En él aparecía un hombre robusto de mentón prominente, amplias cejas, grandes ojos negros, nariz recta y grande, tez morena y labios carnosos y gruesos. No le hizo falta ni un retoque. Lo contemplé durante unos minutos. Después lo clavé en el corcho. Dispuse el caballete con el lienzo y empecé a mezclar los óleos. Me llevó dos meses acabar el retrato. Finalmente, cuando ya le había

dado el barniz, llamé a Remedios para que lo contempla-
se. Al entrar en el desván y ver el lienzo, palideció. Se
acercó a la mesa donde yo tenía el agua y el licor de bellota y se sirvió un vaso que tomó de un trago, como se suele
hacer en las cantinas mexicanas con los tequilas, solo le
faltó la sal sobre la mano.

—¿Qué pasa? Dime, ¿qué te parece? —inquirí expec-
tante.

—¿Por qué te has dibujado con él? ¿Este no forma
parte del seriado? —me cuestionó confusa.

Miré el lienzo desconcertada. En él estaba el retrato
del joven árabe, pero a su lado también me encontraba yo;
desnuda bajo una cortina de agua.

27

El móvil que colgaba sobre el dintel se balanceó, y un sonido metálico avisó de nuestra llegada. Sheela permanecía tras el mostrador, situado al fondo del local. Inmersa en la lectura de un grueso libro que, por su aspecto, semejaba un incunable. Al oír el tintineo se quitó las gafas, levantó la cabeza y me miró fijamente con aquellos hermosos ojos de miel. Tras mi presentación, la pelirroja, Sheela, se dirigió hacia la puerta de entrada. Giró el cartel que colgaba sobre el cristal, dio dos vueltas a la llave y corrió las cortinas de terciopelo rojo.

El herbolario tenía una habitación contigua y allí, junto a las hierbas medicinales y los utensilios homeopáticos, Sheela pasaba consulta. Sobre la mesa camilla había una vasija con agua y en ella una rosa de Jericó abierta. Frente a la mesa, dos sofás en los que Remedios y yo tomamos asiento mientras Sheela se preparaba.

Antes de acudir al herbolario, Remedios había conversado con ella. Le había comentado lo ocurrido con mi lienzo. Remedios llevaba un tiempo yendo al herbolario, desde que le sobrevino una erupción en el cuello para la que la medicina convencional no tuvo respuesta ni tratamiento. Sheela le preparó un aceite que eliminó los granos en una semana. Desde entonces no solo visitaba el herbolario para los padecimientos físicos, siempre livianos, que pudiera sufrir, sino que también buscaba una cura para las penas, una puerta abierta a los misterios del alma. Un reposo para su corazón cansado.

Apenas habló conmigo. Me sonrió y apoyando sus codos sobre la mesa con las manos extendidas hacia mí, con un gesto de sus ojos, indicó que le diera las mías. No miró mis palmas, como pensé que haría. Cogió mis manos, las juntó y las cubrió con las suyas, que parecieron abrazarlas. Sus ojos estaban cerrados.

—Creo que en vez de pasarte yo la consulta, deberías ser tú quien me la pasase a mí —dijo sonriente.

—No entiendo —respondí.

—Tienes las mismas capacidades que yo. Eres vidente. No digas que no lo sabes porque no te creeré. —Sonreí tímidamente—. El hombre del dibujo es una de tus visiones. Harás ese viaje porque ganarás el certamen y será allí, en Egipto, donde le conocerás. Dime, ¿por qué tienes tanto miedo a dejarte llevar?...

A partir de entonces nuestras visitas a Sheela se sucedieron. Crecieron en la misma proporción que nuestra amistad. Poco a poco, Sheela nos instruyó en las artes de la percepción. Dimos largos paseos por el campo, en los que ella nos proporcionaba indicaciones precisas para percibir sonidos que para nosotras se habían convertido en inaudibles. Olores que nuestro sentido había dejado de experimentar. Contemplamos la luna en sus diferentes fases y la repercusión de su luz sobre las criaturas de la noche. Escuchamos el canto y el batir de alas de las aves nocturnas y conseguimos identificarlas sin verlas. Aprendimos a caminar a oscuras, a escuchar el rumor que se esconde bajo el bullicio sin más guía que nuestro sexto sentido. Volvimos a nuestros orígenes, a ser como las demás criaturas, como nuestros ancestros más lejanos: intuitivos. Como los chamanes arameos que con la observación de la rosa de Jericó sabían cuándo y cómo llegaría el agua a sus tierras. Al igual que ellos, nosotras éramos capaces de reconocer un alma herida solo con mirar sus ojos o escuchar el tono de su voz; y sabíamos qué mal le aquejaba.

Nuestras reuniones, en el campo al anochecer o en el local a la luz de las velas, levantaron más de un comentario en el pueblo y las urbanizaciones circundantes. Sin embargo, las habladurías no solo trajeron prejuicios y rencores a las puertas del herbolario, también condujeron hasta nosotras a más de un alma anónima que buscaba consuelo para sus desventuras, consuelo bajo un suplicado anonimato que nosotras, por encima de todo, siempre guardábamos. Se nos echó la culpa de más de un divorcio, de más de una infidelidad y de la extraña desaparición de la figura de un Cristo que se hallaba a la entrada del negocio de un jefe abusivo y cuatrero. Cuando tuvo conocimiento del robo, Sheela no pudo evitar apostillar que el Cristo no había sido robado, que había huido del local. Incluso se nos llegó a señalar directamente como las causantes de una plaga de chinches que aquejó de forma violenta la parroquia y las casas de varios feligreses.

Así, nos convertimos en un trío inseparable. En los mentideros se nos apodó «las brujas de Eastwick», el nombre del herbolario de Sheela.

28

En aquellos días fuimos felices. Parecía que el destino, que siempre había jugado con ventaja, se detenía a nuestros pies, reverenciando nuestro derecho a elegir. Así fue durante meses, casi un año. Cuando el silencio se hacía un hueco en nuestras conversaciones, el miedo a que sucediera algo que rompiese aquel equilibrio nos sorprendía más de una noche frente al licor de bellota mirándonos fijamente a los ojos. Ninguna hablamos de aquella extraña sensación de inseguridad que asalta a todo ser humano cuando las cosas parecen ir demasiado bien. No hablamos sobre ello porque el mero hecho de comentarlo en voz alta nos asustaba. Las tres éramos conscientes de que algo iba a suceder. Un suceso terrible que dejaría nuestras vidas marcadas para siempre. Sobre todo lo sabía Sheela.

Días después de recibir la primera paliza nos citó en la terraza de una cafetería a las afueras del pueblo. A pesar del calor de aquel agosto, Sheela llevaba un jersey de cuello alto. Se había maquillado tanto los pómulos y los ojos, que las pecas no se veían. Apenas podía abrir el ojo derecho y su labio superior estaba tan hinchado que le impedía hablar con normalidad.

—¡Hijo puta! —exclamé mientras le enjugaba las lágrimas, despacio, con la yema de los dedos.

—¡Dios mío! ¿Cómo ha podido hacerte algo así? ¿Cómo se atreve? —gritó Remedios horrorizada.

—No, no, Remedios, no me toques ahí —dijo Sheela abortando el abrazo de esta—, creo que tengo dos costillas rotas.

No quiso denunciarlo. Buscó mil excusas para convencernos de que la agresión había sido involuntaria, para convencerse a sí misma de que no se había enamorado de un maltratador. Pero desgraciadamente, así era.

Él notó que yo percibía sus intenciones, que sabía quién era y lo que pretendía. Por ello, desde nuestro primer encuentro, esquivaba mi mirada, solo me sostenía la vista unos segundos. El tiempo que él creía podía permitirse sin que yo alcanzara a ver más allá, a introducirme en su alma. Pero lo hice. Lo hice y le espeté una advertencia.

—Si le vuelves a poner la mano encima, te mato —le

dije bajito la noche en que Sheela nos pidió que lo acercásemos a la estación del tren después de la cena de cumpleaños de ella.

—Te mataremos. Lo haremos —apuntó Remedios alzando la voz. Lo que provocó que los viandantes miraran hacia el coche.

Él no respondió. Se bajó del automóvil dando un portazo seco. Nos miró desafiante, escupió sobre la acera y con expresión viciada, desde lejos, dijo:

—Ella no os dejará hacerlo. Me quiere —apostilló riendo a carcajadas.

Unos días antes de la última paliza, Sheela me regaló su paraguas rojo:

—Es para ti.

—No puedo aceptarlo —respondí negándome a cogerlo—, te lo regaló tu madre. Es tu talismán. Siempre te ha protegido.

—Ya no lo necesito. Nadie mejor que una mujer de agua para llevarlo a partir de ahora...

Sabía lo que estaba diciendo sin decir, y lo peor es que yo no podía hacer nada para evitarlo.

—Le has denunciado. Tiene una orden de alejamiento. No creo que se atreva a volver por aquí —dije intentando salir de aquel dolor. Intentando que callara. Que dejara de hacerse daño, de hacerme daño.

—Le he comprado este a Remedios. Quería que fuese

lo más parecido al mío. ¿Ves? Mango de madera, rojo sangre —respondió sin contestar a mi pregunta—. Quiero que se lo des tú, no creo que yo tenga valor para hacerlo.

—Sheela, no va a sucederte nada —dije apretando sus manos.

—Sé que me matará. A pesar de la orden de alejamiento, a pesar de vuestra protección, lo hará. Cuando suceda debes llevarme contigo a Egipto, porque irás a Egipto, es tu destino. Cuando estés allí, recuerda que no puedes volver. Nunca, bajo ningún concepto, suceda lo que suceda, debes regresar a España. Hazme caso, las runas daban instrucciones concretas sobre ello.

—No sigas, no quiero que sigas diciendo barbaridades. No te va a suceder nada. ¡Nada!, ¿entiendes? —le dije levantando su barbilla para que me mirase de frente.

—Debes esparcir mis cenizas en el Sinaí. Luego cántame la canción de Alfonsina y el mar. ¿Me lo prometes? ¡Promételo!

Yo lloraba, lloraba como nunca lo hice. Lloré como debí llorar aquel día, cuando padre murió. Lloré por los siglos, por los espacios infinitos de tiempo, de eras que faltan por venir. Lloré para no tener que volver a llorar nunca más por lo mismo; por lo de siempre.

Ella me miraba en silencio, dejándome estar. Después, tras secar mis lágrimas con un pañuelo de papel, sonrió y dijo:

—¡Recuerda!, debes asegurarte de que no sea un lugar con posibilidad de recalificación. No soportaría que me construyeran encima un adosadito...

Hoy, el rumor del agua golpeando el casco de este barco con forma de milhojas que recorre el Nilo me produce nostalgia, tristeza, me hace sentir el vacío que su falta, su ausencia, ha dejado en mí. Las plañideras de mi alma, de mi corazón, lloran la pena.

Bajo su paraguas rojo me oculto, me cobijo. Intento aminorar el daño que aún me causa su adiós.

29

Nos acercamos a Luxor, antaño la gran ciudad de Tebas. Ezequiel dijo: «Tebas será con violencia sacudida...» Y Tebas, Tebas la de las cien puertas, capital de los faraones del Nuevo Imperio, se dejó llevar por los acontecimientos dando la razón al profeta.

Al oeste, dominando la necrópolis de Deir-el-Bahari, el templo de la gran dama del Nilo se alza jactancioso, desafiante, atrapando con su grandeza la esencia del dios Amón. Hatshepsut nos espera. Colérica y llena de furia levanta su mentón barbudo. Imagino su poderosa imagen, la grandiosidad de su creación, la soberanía de su reinado; el poder de su dualidad. El aire huele a hierbas aromáticas como olió entonces, cuando sus expediciones regresaron con éxito del mítico país de Put. Al imaginarla, me pierdo entre el murmullo del grupo que es absorbido por la sobrehumana dimensión de las columnas rectangulares que forman los pórticos de su templo. Percibo el vuelo del hijo de Isis y Osiris avisando de la cercanía, de la proximidad de su espíritu, amortajado en la ribera izquierda del Nilo; inmortalizado en el templo más hermoso del interminable Egipto. Su nombre, el nombre de la dama del desierto, borrado incesantemente por la codicia y el machismo, vuelve a ser exclamado, día tras día, con fascinación y respeto: ¡Hatshepsut!

Omar sonríe, sus labios perfilan una expresión cálida que envuelve mi corazón. El viento hace que el pelo me tape los ojos y roce mis labios. Él alarga su brazo y señala la orilla, la torneada orilla que da acceso a Luxor. Su mirada roza el mechón anárquico que tapa mi boca y se detiene curiosa sobre las páginas que voy escribiendo para usted, madre, sobre el paraguas rojo que, apoyado sobre mis muslos, espera a ser abierto para protegerme de este sol abrasador; del sol y de él.

De nuevo siento esa sensación de náuseas, semejante a la que sentía aquellas mañanas de domingo. De aquellos domingos sembrados de pipas y regaliz, en los que padre, chaqueta de pana en mano, copaba los duros asientos del desvencijado y chirriante coche de viajeros con nuestra gran familia camino de la capital. Recuerdo a Jaime y Ricardito, que irremediablemente, domingo tras domingo, terminaban a porrazo limpio, a punto del descalabro, por aquellas chapas de Mirinda y cerveza con las que, más tarde, al golpe seco de la toba de sus dedos corazón y pulgar, se alzarían vencedores de una imaginaria vuelta ciclista de latón. De chicos siempre se llevaron a matar. Sin embargo, años después, como si fuesen gemelos idénticos, eligieron la misma carrera, se casaron con dos hermanas y se establecieron en Australia. Nuestra relación siempre fue distante, efímera y extraña. A pesar de que padre luchó para que todos estuviéramos unidos, no lo consiguió.

Todavía puedo oír el llanto de Juanillo y ver aquel chupete impregnado de azúcar y anís con el que usted, madre, lo hacía callar milagrosamente. La carita de pan de Carlota. Carlota era como Susanita, la de Mafalda, la estupenda Mafalda de Quino, con la que siempre me identifiqué. Jamás se separaba de su muñeca. Aquella lánguida muñeca de cartón piedra, enlazada de los pies a la cabeza, empachada de comida, encanijada por los besos y abrazos incontrolados de su prematura mamá. Mientras tanto, yo me adhería al entrañable polo de hielo, de naranja. Me perdía en su exquisito, en su artificial color, en el mandil blanco del heladero. En esos días supe con certeza lo que iba a ser de mayor. Sería vendedora de helados.

Sus manos, las manos de Omar, señalan uno tras otro los lugares más emblemáticos mientras yo sueño con rozar sus labios, con perderme entre sus brazos, y siento miedo. Miedo a un futuro que sé estaba escrito con antelación, con mucha antelación a este viaje.

30

Según la policía, el asesino de Sheela, Antonio, desapareció sin dejar rastro. Una vez concluida la autopsia se dictó una orden de búsqueda y captura, pero la policía no consiguió localizarlo.

Remedios y yo nos encargamos de todo lo relativo al funeral de nuestra amiga. Días después recogimos las cenizas y las depositamos en una bolsa que Remedios había confeccionado a mano con un trozo de las cortinas rojas del herbolario. Nadie reclamó sus pertenencias ni asistió al sepelio, por lo que tuve que hacerme cargo de *Amenofis*, su gato persa. El animalito vagó de mi casa al herbolario durante varios días. Se sentaba en la puerta y maullaba a la espera de que Sheela le abriera. La vecina me llamaba en cuanto escuchaba el penoso llanto del felino y yo, día tras día, me acercaba a buscarlo y volvía a trasladarlo. Así fue hasta que las cenizas de Sheela llegaron a casa. Desde aquel momento no volvió al herbolario. Se pasaba las horas durmiendo al lado del saquito rojo. Solo abandonaba su vigilancia para comer o acercarse a la caja de arena. A excepción del día en que me marché. Aquel día, *Amenofis* me acompañó hasta la salida y, como si supiera que su dueña se había ido definitivamente, echó a correr hacia el campo.

Como Sheela predijo, gané el certamen de pintura y canjeé los dos billetes por dinero en efectivo. Con el canje el premio perdía cuantía, pero en aquellos momentos no me sentía con fuerzas para realizarlo. Habían pasado demasiadas cosas, hechos que me habían marcado para siempre.

Después de lo acontecido, Carlos se mostró más cercano que nunca. Tomó unos días de vacaciones y se dedicó a mí. Contempló mis trabajos de pintura, leyó algunos de mis textos y ensalzó, como nunca lo había hecho, mi capacidad para escribir y pintar. Incluso llegó a insinuarme que debía dedicarme a la literatura de manera profesional y que él podía buscarme algún contacto si yo estaba dispuesta. No sé con exactitud lo que duró aquel falso éxtasis, pero sí recuerdo con claridad cómo una mañana todo volvió a ser como en los comienzos. Se restablecieron sus viajes y sus tardías vueltas al anochecer. Regresó el olor a colonia femenina que desprendían sus corbatas de seda. Volvieron las llamadas telefónicas, las salidas de emergencia a la oficina...

Carlos tenía conciencia absoluta de lo que hacía. Para él aquellos escarceos no eran más que eso, escarceos sin importancia. Escarceos que siempre negaba. Lo negaba tanto y tan bien, que durante años le creí. Y el encanto se fue yendo poco a poco. Ya no era la soledad, la necesidad de sentirme mujer, persona, amante... El verdadero problema fue que llegó un momento en el que ya no quería ni necesitaba ser nada en su vida. Me había cansado de aguantar, de luchar, de buscar un instante único entre los dos que me emocionara, que le emocionase. Nos habíamos convertido en dos desconocidos que compartían casa, cuenta corriente, hijos y cama.

El barco ha parado. Desde la superficie del agua, un rodaballo imaginario me llama equivocadamente Ilsebill. El rodaballo suspira y, mirándome de reojo, le hace un guiño escondido a Omar. Él me mira de soslayo y sonríe. Me sonríe solo a mí.

Este es el último día de crucero. Mañana saldremos, para mi desgracia, en avión, hacia El Cairo.

31

Anoche sus ojos fueron los míos. La luna iluminaba altiva el horizonte, un horizonte, madre, demasiado alejado del suyo, demasiado distante y diferente de todos los horizontes que pasaron por mi vida. Su línea estaba delimitada por la oscuridad de la mirada de Omar, por la dorada piel de sus manos, mientras el eco de las voces ahuecadas por los megáfonos llegaba perdido desde el gran Lago Sagrado.

El aire olía... en realidad no olía a nada, ni tan siquiera el viento se dejaba sentir. *El rodaballo* caminaba junto a mí, y Günter Grass me insinuaba con extrema exigencia, con despecho, casi en un insulto, mi torpeza, mi lentitud en el arte de la lectura, en el don de la percepción rápida de las palabras. Mi ejemplar de *El rodaballo* siempre me acompaña, inexorablemente, en todos y cada uno de mis viajes. La historia de este pez al que Günter dio vida en la novela que lleva su nombre ha hecho que este espécimen se haya convertido en el pez de mi vida, en el entrañable pez de toda mi existencia. Las pocas páginas que he conseguido leer, hasta el momento, me han hecho no volver a comer rodaballo nunca más. Anoche, su silueta danzaba entre las sombras del dulce Nilo. Mientras leía los diálogos intentaba imaginar su voz pausada sin conseguirlo.

Omar sonreía arropado en la lejanía de la popa, y yo procuraba omitir su presencia. Acerqué la novela tanto a mi cara que a punto estuve de caer por la borda, que estaba más cerca de lo que había calculado. Entonces, Omar se acercó y nuestras miradas coincidieron peligrosamente.

La sombra del utópico y feo rodaballo volvió a surgir en la superficie del Nilo. Torciendo su boca aplanada intentó llamar la atención de Omar, pero mis manos cerraron la espléndida novela y el rodaballo se sumergió, una vez más, en sus páginas:

—¿Es *El rodaballo*? ¿El de Günter Grass? —preguntó dedicándome una vez más su espléndida sonrisa.

Asentí con un gesto de la cabeza. Sin despegar los labios. ¡Qué iba a contarle yo de aquel libro eterno que casi formaba parte de mi anatomía! Y así debería haber permanecido todo el tiempo, calladita. Pero me moría por hablar con él. Por hacerlo a solas, como estábamos en aquel momento. Y no se me ocurrió nada más estúpido que hacer lo que nunca había hecho: mentir.

—Es la segunda vez que lo leo —le dije con aire de intelectual.

Entonces el impresentable pez pareció dar un coletazo de enfado dentro de aquellas aguas de papel y la novela cayó al suelo dejando el tomo abierto justo por la mitad. Él miró el libro, después me miró a mí, se agachó, lo recogió del suelo y colocó la separata en su lugar. Deslizando la palma de la mano por la portada dijo:

—¡Qué curioso! La última mitad está como nueva.

—¿Sííí? —contesté mirando la cubierta como si la novela aún permaneciera allí, intentando evitar que notase el apuro que su observación me causaba.

Me dedicó una mirada entre condescendiente e irónica y me ofreció un cigarrillo. Guardé presurosa aquel hermoso acuario de papel en mi bolso, evitando así que el cotilla e impresentable pescado de alta mar volviese a ponerme en apuros.

—Yo tampoco he acabado de leerlo —dijo burlón—. Hay tanto y tan bueno para leer, que cuando una lectura no nos llega hay que dar paso a otra —concluyó mientras yo acercaba lentamente el extremo de mi cigarrillo a su mechero de gasolina.

Omar me gustaba, sí, madre. Muchísimo.

—¡Gracias! —dije.

—¿Whisky? —preguntó ofreciéndome su petaca.

Aquella fue la primera noche que pasamos juntos. Al amanecer el sol salió como siempre, como de costumbre. Mientras veía nacer la nueva alborada, dije:

—Mira, Omar, ¡allí! ¿Ves? Es Ra.

Todo había cambiado. El sol también.

Entonces, Omar, acariciando mis labios con sus dedos, dijo:

—Debo regresar a mi camarote. En El Cairo finaliza mi trabajo con vuestro grupo. Me gustaría volver a verte, estar a tu lado mientras permanezcas en mi tierra. Quiero acompañarte a las pirámides. Quiero esparcir contigo las cenizas de Sheela, le debo el haberte conocido —añadió abriendo el paraguas rojo y, poniéndolo sobre los dos, ocultando nuestros rostros bajo él, me besó.

32

He llamado a Remedios hace apenas dos horas:

—Estaba preocupada. ¿Por qué no me has llamado antes? —dijo sin disimular su angustia y enfado.

—No quería hablar con nadie, al menos en los primeros días —le respondí con voz pausada—. ¿Tú estás bien?

—Sí... bueno... más o menos —respondió

—Más o menos, ¿qué? —inquirí con preocupación.

—Al día siguiente de tu marcha encontraron el coche de Antonio en el embalse —dijo en tono de sentencia—, el cadáver no ha aparecido. Han rastreado el fondo pero no está. No está. Jimena, el cuerpo no está.

—Es imposible, imposible. Estaba borracho, completamente ebrio. No creo que se soltara.

—Y si lo hizo. Y si se soltó y está buscándote. Jimena,

¡por Dios! Tal vez Sheela se refería a esto cuando te dijo que si viajabas a Egipto no debías regresar a España nunca. Si salió con vida del embalse te estará buscando para matarte. No descansará hasta encontrarte...

Me costó dios y ayuda que abandonase el tema, que cambiase de conversación. Después, cuando conseguí que se olvidara del asunto, me hizo un informe exhaustivo de todo lo que había sucedido desde mi marcha. Me relató, casi gimoteando, lo apenada que estaba por Carlos, que vagaba de nuestra casa a la suya como un fantasma, preguntándole qué había hecho él mal para que me marchase de aquella forma. Diciendo lo mucho que me echaba en falta, lo mucho que me quería. El miedo que tenía a que no volviese.

—Jimena, mi Eduardo y yo hemos estado a punto de decirle muchas cosas a Carlos, pero no somos quiénes, ¿sabes?... no lo somos.

—Pues no, precisamente tu Eduardo es el menos indicado —le dije, arrepintiéndome en el mismo momento de decirlo.

—Lo sé, lo sé, pero él, aunque no lo creas, te da la razón. Eduardo dice que has hecho bien en darte un respiro. Porque es un respiro, ¿verdad?

—No, no lo es. Le voy a pedir el divorcio. Lo nuestro hace años que ya no tiene sentido, ningún sentido. Cuando regrese me iré al pueblo, con mi madre. Seguiré pintando y quizá mueva las novelas por alguna editorial o agencia.

—De eso quería hablarte —dijo—. Verás, Mena y yo hemos hecho algo.

—¿Algo? ¿Qué algo?

—Hemos enviado uno de tus textos, en el que cuentas tu vida, a una agencia literaria.

—¿Que habéis hecho qué?

—Enviar a una agencia literaria la obra que más nos gusta a las dos: *En un rincón del alma*. Y quieren representarte. Puedes ponerte en contacto desde allí con ellos. Tu hija les ha comunicado que estás de viaje por Egipto. Dicen que no hay ningún problema, que pueden esperar a que regreses.

—Pero, Remedios, ¿cómo habéis hecho eso? La obra está sin terminar.

—Para ti nada está acabado nunca, siempre andas con las correcciones a cuestas. La obra, terminada o no, es buenísima. Quiero pensar que no vas a desaprovechar la oportunidad, ¿verdad?

—Por el momento lo voy a dejar estar.

—Pero ¿cómo puedes decir eso?

—Ahora lo único que quiero es descansar, no pensar en nada. Tengo dinero para estar aquí dos meses. El visado también lo arreglé para permanecer en el país el mismo tiempo. Quiero tomar fotografías para mis óleos. En cuanto a la novela, ya te he dicho que está inacabada. Durante el viaje estoy escribiendo unas cartas a mi madre que seguramente incluiré en la obra.

—Tú sabrás lo que debes hacer... nadie mejor que tú lo sabe. Nosotras enviamos el texto porque creímos que te gustaría, pero veo que no te ha hecho gracia. En cuanto a tu hija... deberías llamarla. Está contigo, apoya todo lo que haces, pero necesita saber que estás bien, ¿no crees?

33

Cuando llamé a Mena su voz sonó como un soplo de vida a través del auricular:

—¿Cómo estás? ¿Por qué no me has llamado antes?

—Lo siento, cariño, debí llamarte el mismo día que desembarqué, pero no tenía fuerzas para hacerlo y menos que me quedaron después de hablar con tu padre.

—Está enfadado conmigo. No me perdona que te guardase el secreto. Ya sabes... es muy tozudo. Creo que si no vuelves pronto lo matarás. En el fondo no sabe vivir sin ti.

—Pues deberá acostumbrarse. Voy a pedir el divorcio. —Hubo un silencio que me pareció durar una eternidad—. Mena... ¿sigues ahí? —le dije, preocupada por su falta de respuesta.

—Sí —respondió en un murmullo.

—Hija, ¿qué pasa? Creo que no deberías sorprenderte. Conoces mi situación. Has vivido mi desventura, mi soledad. Sabes todo lo que he luchado por mi matrimonio. Esto se veía venir desde hace tiempo. No me puedes pedir que aguante más, no tiene sentido y sería egoísta por tu parte.

—Las personas cambian, mamá —dijo en tono recriminatorio—. Y él está cambiando. Es un buen hombre, papá es un buen hombre. Nunca nos ha tratado mal y jamás nos ha faltado de nada.

—Sí, Mena, a mí me han faltado muchas cosas, entre ellas respeto y atención emocional.

—Pero ¿por qué no le das una oportunidad? Es la primera vez que te marchas y ahora es cuando él se ha dado cuenta de lo mucho que te necesita. Te perdonó tu infidelidad —dijo refiriéndose a Andreas—, ¿eso no cuenta para ti?

—¡Que me perdonó...! —exclamé indignada.

—Sí, mamá, lo supo dos meses después y jamás te dijo nada porque entendió que era culpa suya.

—Lo supo y te lo comenta a ti, mientras que a mí no me dice ni pío. ¡Increíble!, increíble y vergonzoso. ¿Cuándo te lo ha dicho? —cuestioné violenta.

—Después de tu llamada desde Egipto. Estaba destrozado y creía que te habías marchado con alguien, que no viajabas sola. Yo le insistí en que no era así, que solo necesitabas estar un tiempo alejada de la rutina, pensar. Pero como no te despediste de nadie más que de Remedios, pensó que el viaje no lo hacías en solitario. En cierto modo es lógico, ¿no crees?

—Pues no, no lo creo. Y si él me ha perdonado una infidelidad no sé cuántas le he perdonado yo... he perdido la cuenta —dije con rabia.

—Mamá, lo sé, te entiendo y tienes toda la razón, pero creo que deberías meditar. Papá está destrozado, te doy mi palabra.

—Mena, cariño, ya no hay nada que meditar. No hay nada que perdonar. Quiero a tu padre, siempre le querré, es algo indudable y que no puedo negar, pero ya no estoy enamorada de él. Y él, tú misma lo has dicho, me necesita, solo me necesita. Eso no es querer...

El llanto de ella me llegó a través del auricular, claro y desgarrador. Jamás soporté oírla llorar, jamás. Hablamos sobre ello unos minutos más, hasta que conseguí calmarla, hasta que ella consiguió que le prometiese que al regresar hablaría con su padre, que intentaría que él comprendiese, porque así, al menos, le evitaría seguir hundido en la desesperación, como ella aseguraba que estaba Carlos. Sobre Adrián me dijo que no le daba importancia a mi viaje, y menos a la reacción de su padre. Para él, aquello era una crisis lógica dada la situación que vivíamos ambos y que él conocía desde hacía tiempo. También hablamos sobre la respuesta de la agencia literaria y sobre sus próximos exámenes, y me hizo temblar de preocupación cuando me contó sus desventuras con el joven estudiante de medicina que le tenía el corazón roto. Temblé porque ella, para los asuntos del amor, era igual que yo: utopía en el sentido más amplio de la palabra.

—Calculo, si todo va bien, que estaré dos meses aquí —le dije entusiasmada—. Quiero hacer fotografías para varios seriados que se ambientarán en Egipto. Creo que podré colocarlos con facilidad. También quiero ponerme con la novela que habéis mandado a la agencia. Si la termino y me gusta el resultado, quizá tome en serio el dedicarme a la literatura. Voy a buscar un apartamento o una pensión, los hoteles se me escapan de presupuesto.

—Si necesitas dinero se lo pido a papá y te lo envío —dijo.

—Bajo ningún concepto. Cuando vea que no puedo continuar aquí, regreso. Tengo el billete abierto. En el caso de que suceda algo puedes dejarme recado en el hotel. Cuando tenga la nueva dirección te la daré.

—¿Puedo darle a papá el teléfono del hotel? —preguntó temerosa.

—No —respondí tajante.

—Tú sabrás lo que haces, pero creo que con papá te equivocas... ¡Ah!, imagino que Remedios te ha dicho que encontraron el coche de Antonio en el embalse. El muy hijo de su madre debió de sufrir un accidente y encima tuvo la suerte de salir con vida y escapar...

34

Llevo tres semanas en esta ciudad y hasta hoy no he podido retomar la escritura. Al fin conseguí alquilar un apartamento. Es un ático. La terraza dobla en tamaño a la parte destinada a vivienda. De no haber sido por Omar, es posible que aún siguiera en el hotel.

Mañana, Omar y yo saldremos en busca de lienzos y óleos. No tenía pensado comenzar los cuadros aquí. En un principio pensé tomar primero las fotografías y empezar los seriados ya en España, en el pueblo, junto a usted, madre. Pero Omar me ha sugerido hacer los bocetos con modelos que dice posarán para mí sin problemas en la misma calle si así lo deseo. Creo que es una idea fantástica.

Después de terminar el crucero volvimos a reencontrarnos en el hotel y desde entonces no ha pasado una noche sin que durmamos juntos. Esta relación es extraña; si no fuera por los sentimientos que ambos mostramos sin control, diría que es un tanto irreal. Apenas sé de él. No me ha contado nada de su vida. Tampoco le he preguntado. Nos limitamos a estar juntos, a vivir el momento, el presente inmediato como si ambos lo supiésemos todo del otro. Él escucha fascinado todo lo que yo le voy relatando.

No sé el tiempo que podré aguantar en esta situación, sin saber más de él, de su vida, de su pasado. Cuando se marcha por la mañana, cuando no me dice adónde se va, a qué hora va a regresar o si lo va a hacer, muero un poco. Y siento miedo, el mismo miedo que sentía con Andreas, porque tengo el presentimiento de que él, tarde o temprano, también me abandonará. Y esta vez, madre, no sé si podré sobrellevarlo.

Anoche, mientras dormía, dibujé su cuerpo desnudo. Fui trazando uno a uno sus contornos, sus manos, sus piernas, su espalda... Lo hice llevada por una pasión desmedida, extraña, igual que me sucedió cuando lo retraté por primera vez; cuando ni siquiera sabía de su existencia, cuando aún no lo conocía. Al despertarse me sorprendió con la paleta en la mano. Miró el cuadro, se levantó y vino hacia mí. Me abrazó y besó mis manos, que aún temblaban. Después secó las lágrimas que corrían por mis mejillas. Mientras sus dedos rozaban mis labios, dijo:

—No voy a dejarte, te doy mi palabra. Has llegado a mi vida como una tormenta de arena y aún ando un poco desorientado. ¿Lo entiendes? —Asentí sin creerle—. Debes ser paciente conmigo —concluyó en tono de súplica.

Creo en lo que dice, pero no puedo evitar pensar que por encima de sus sentimientos, de sus intenciones, hay algo más fuerte que convierte sus palabras en una quimera. Me estremezco cada vez que le veo salir por la puerta y perderse entre el tumulto, cuando su figura se desvanece entre los apresurados viandantes, cuando se difumina como si él solo fuese un fantasma. Sé que tarde o temprano le perderé.

—¡Gracias! —le dije cuando se marchaba.

—Me gustas, Jimena. Me haces sentir bien. ¡Cuídate! A las cinco. ¿Hemos quedado a las cinco? —preguntó.

Asentí con un gesto de la cabeza y le sonreí, mientras se alejaba camino del ascensor. Como siempre, corrí hacia la terraza para ver su silueta desdibujarse una vez más y, como siempre, como cada vez que se marcha, no sé por qué, madre, volví a llorar.

35

Raquel es mi casera. Una bruja vieja y sabia que se marchó de España intentando recuperar a su hija. La hija que le robó un esposo despechado. Ante la falta de apoyo de la justicia, lo único que pudo hacer para estar al lado de su pequeña, para verla una vez a la semana, fue establecerse en Egipto. Con lo que obtuvo de la venta de su casa en España compró un pequeño apartamento y el ático que me ha alquilado. Desde hace años se gana la vida con la renta y algún que otro trapicheo; subsiste medianamente bien. Al establecerse en este país, consiguió ver a su pequeña todas las semanas, pero ello no le sirvió prácticamente para nada. La niña, por voluntad propia, fue perdiendo el contacto paulatinamente con Raquel. Tomó la familia del padre como única y también su religión. Poco a poco, se distanció de su madre y del entorno occidental de esta.

Cuando la conocí me impresionó su fisonomía, la belleza fría de sus facciones que parecía haber tomado rasgos orientales, como si estos le pertenecieran desde siempre. Su físico era tan inusual, tan ajeno a estereotipos, que le propuse posar para mí. Aceptó con una única exigencia: que el boceto fuese para ella. Accedí gustosa. Desde entonces, todos los días tenemos una cita ineludible.

Durante nuestros encuentros, Raquel se ha ido acoplando a mi vida como si fuese una pieza indispensable del engranaje que forma mi existencia, cuadrando perfecta y milimétricamente en su lugar de ensamblado. Lo último que le relaté fue el asesinato de Sheela. Lo hice después de que ella, sin saber nada del nefasto suceso, me preguntase qué iba a hacer con las cenizas de mi amiga.

—¿Has pensado dónde vas a esparcir sus cenizas? —dijo señalando el saquito rojo que yo tenía siempre colgado en el palo del caballete.

—¿Cómo puedes saber eso? —le pregunté con expresión de sorpresa.

—Lo he intuido. Lo que no sé es a qué se debe esa sensación de temor que te asalta cada vez que te llaman de España, y por qué cuando recibes esas llamadas miras la bolsita roja.

Dejé la paleta y el pincel. Cogí la bolsita con las cenizas

de Sheela y me senté junto a ella. Le relaté todo lo que habíamos vivido Remedios y yo junto a Sheela. Lo que ella significaba para nosotras. Le expliqué cómo llegamos a formar un trío inseparable: Remedios rubia, Sheela pelirroja y yo morena, características que, unidas a nuestras actividades esotéricas, nos hicieron dignas merecedoras del apodo «las brujas de Eastwick».

—El paraguas rojo del que no te separas es de ella, ¿verdad? —inquirió cogiéndolo—. ¿Sabes que, contrariamente a lo que muchas personas piensan, es un símbolo de protección muy fuerte?

—Sí. Sheela me lo dijo. Era de su madre. A ella se lo regaló una anciana meiga para que la protegiese tanto de lo malo como de lo bueno que pudiera sobrevenirle, porque a veces lo bueno después trae consigo algo nefasto.

—Así es. La lluvia y el sol pueden ser beneficiosos o perjudiciales. Si tienes un parapeto para ambos, puedes dosificar los dos fenómenos en su justa medida —respondió sonriendo—. Esa es la simbología real del paraguas: la protección. Y el color rojo simboliza la fuerza, la belleza, el éxito y el amor.

No sé cómo, pero lo hizo. Repitió una a una las palabras de Sheela. Quizá fue aquello lo que me llevó a contarle lo acontecido, que Sheela parecía estar hablando a través de ella diciéndome: desahógate, ¡hazlo! Por ello, comencé a contarle todo inopinadamente, sin que ella me preguntara qué había sucedido la noche en que Sheela murió.

—Aquel día, Sheela había quedado en llamarme sobre las doce. Desde que denunció a Antonio y el juez dictó una orden de alejamiento, ella, todos los días, antes de acostarse, me telefoneaba. Por la tarde me había comentado que iría a la ciudad para hacer unas compras. Dijo que se retrasaría porque pensaba cenar con un viejo amigo. Quedó en llamarme a su regreso para confirmar que estaba bien, pero no lo hizo. Sobre la una de la madrugada telefoneé repetidas veces al herbolario y a su casa. A las dos volví a insistir y, entonces, el teléfono del herbolario comunicaba. Esperé unos quince minutos y volví a marcar el número, que seguía comunicando. Eso me alertó.

»Desde que recibió la última y más terrible de las palizas yo tenía un juego de llaves de su casa y de la tienda. Preocupada por su falta de respuesta y la posible desconexión de la línea telefónica del herbolario, decidí desplazarme hasta la tienda y comprobar si todo estaba bien. Cuando llegué, la tienda permanecía cerrada. Entré y enseguida vi el reguero de sangre que salía por el quicio de la puerta del almacén. Corrí desesperada.

»Al verla tendida sobre el suelo, con la cabeza torcida hacia un lado, inmóvil, cubierta de sangre y golpes, supe que había muerto, que Antonio la había matado. La escena era dantesca, inhumana. Llorando, furiosa, desesperada e impotente me dirigí hacia el teléfono para llamar a la policía. Colgué el auricular para recuperar la conexión y volví a levantarlo temblorosa, lanzando insultos y maldiciones contra él. Entonces, por la ventana que daba a la parte trasera del local, vi su coche, el coche de Antonio. Él estaba inclinado sobre el volante. Sin pensarlo, solté el teléfono y desencajada fui a por él.

»Cuando abrí la puerta del vehículo su cabeza se ladeó ligeramente hacía la derecha. Estaba inconsciente, presa de un evidente coma etílico. Empujé su hombro y su cuerpo cayó sobre el asiento contiguo. Volví a la tienda y llamé a Remedios. Le di indicaciones precisas de que fuese a recogerme en cinco minutos al embalse. Volví al coche y empujé, no sin esfuerzo, a Antonio sobre el asiento derecho.

»Cuando llegué a la zona de la carretera que lindaba con el embalse, paré el coche y volví a colocarle en el asiento del piloto. Le así el cinturón al cuerpo y empujé el vehículo lo suficiente como para que este cogiese inercia y se deslizase por la cuesta, mientras furiosa, llena de dolor e impotencia, fuera de mí, gritaba: te lo dije, hijo de puta, te lo dije, te dije que te mataría.

»Remedios me recogió un kilómetro más arriba. Durante el recorrido le expliqué lo que había sucedido. Ella lo único que hizo fue llorar, lloró como nunca antes lo había hecho. Y yo sentí haberla metido en aquella desgraciada historia. Cuando llegamos a la tienda llamamos a la policía. En nuestra declaración dijimos que, alertadas por la falta de respuesta de Sheela, habíamos acudido a la tienda y encontrado su cuerpo. No mencionamos a Antonio y jamás volvimos a hablar de lo sucedido. No lo hicimos hasta mi llamada desde Egipto, cuando ella me comunicó que habían encontrado su coche en el embalse. El cuerpo aún no ha aparecido.

36

Mañana, Omar y yo iremos a la península del Sinaí. Sheela dejará de estar conmigo. Esta pequeña bolsa de terciopelo rojo vino, donde guardo sus cenizas, se ha convertido en un pedazo de mi corazón que, como otros muchos, tendré que abandonar. Como lo fue mi querida muñeca de trapo. ¿Recuerda, madre? Se llamaba *Cara de Patata*. Yo siempre pensé en ponerle otro nombre, aquel no me gustaba, pero la descripción, a modo de mote, con la que fue obsequiada por Carlota, se convirtió en un seudónimo que finalmente quedó instaurado como nombre oficial. Recuerdo aquellas Navidades y el tono de resignación y pena que tenía la voz de padre:

—Este año los Reyes tendrán que ser solo para el pequeño, los mayores deberán conformarse. Hay que sacrificar las cuatro vacas. El veterinario lo ha confirmado, no hay otra solución. Tendremos que solicitar un préstamo...

Ese día supe que los Reyes Magos eran los padres. Tenía ocho años. Durante las vacaciones estivales había visto una muñeca de largas trenzas en el escaparate de la tienda del pueblo. Parecía blandita y supuse que estaba rellena de algodón. Soñaba con achucharla, con aplastarla entre mis brazos. Cuando la vi pensé que ese sería el único regalo que pediría a los Reyes Magos. Desde aquel momento conté los días que faltaban para la Navidad. Durante medio año había soñado con los poderes mágicos de los Magos de Oriente que la harían volar hasta los pies de mi cama. Daba por hecho que al pedir un solo regalo sin duda lo tendría. Pero cuando escuché la conversación que padre mantuvo con usted me dirigí al establo y pasé toda la tarde allí, llorando y acariciando a las pobres vacas que tendrían que morir. Pensé en todo lo que ustedes habían tenido que hacer para conseguir, año tras año, cumplir nuestras ilusiones. Lloré por ustedes, por las vacas y por mi muñeca. Por aquella preciosa muñeca que nunca sería feliz con otra mamá que no fuese yo. Era imposible que ella quisiera a nadie como a mí. Me conocía. Todos los días le dejaba un beso prendido en el escaparate.

La muñeca fue a parar a casa de Nieves, la hija del practicante, mi inseparable vecina y compañera de clase. Fue su regalo de Reyes más preciado. Y yo tuve que ver a mi muñeca en los brazos de la madre de mi amiga, esperando la salida del colegio de Nieves, tarde tras tarde. Al verla, pensaba en lo triste que debería estar en unos brazos ajenos, en una casa que no era la suya. Sus ojitos de cristal brillaban con más intensidad, aguantando las lágrimas de pena. Imaginaba que sentía frío, allí, sin una toquilla de lana, a la intemperie, y me moría de ganas por tenerla, por acunarla en mis brazos. Nieves también estaba entusiasmada con su regalo de Reyes y no hubo manera de que me la dejase. A pesar de mis súplicas y de las promesas y los cambios que le sugerí, nunca me dejó cogerla.

Pasé muchas noches preocupada por mi muñeca. Temía que el hermano de Nieves, apodado Iván *el Terrible*, la descuartizara como hacía con todos los juguetes. Mis temores se hicieron realidad. Una tarde de febrero oí gritar a la madre de Nieves:

—¡Te lo dije, te lo tengo dicho, deja los juguetes lejos de las manos de tu hermano! Tú también debes poner algo de tu parte. No puedo estar todo el día castigándole. No ves que ya no le hace efecto nada, ni siquiera los cachetes.

Yo miraba desde la ventana temiéndome lo peor.

Doña Eugenia salió a la calle con un montón de trapos y algodón y los metió en una bolsa de plástico. Rápidamente me encargué de hacer desaparecer la bolsa.

Cara de Patata había perdido los ojos, tenía una mano

desgarrada y las hermosas trenzas de lana negra desprendidas de su cabeza.

—¿Dónde has encontrado eso? —dijo usted.

—En la calle. ¿Me puedes ayudar a arreglarla?

—Hay que ver qué manías más tontas tienes, Jimena. ¡A quién habrás salido! No sé qué pretendes hacer con esos jirones de tela.

—No son jirones de tela. Es una muñeca de trapo muy bonita —respondí estrechándola contra mí.

Pasé la mayor parte del invierno cosiendo a *Cara de Patata*. Sus hermosos ojos que en un tiempo fueron dos preciosos círculos de cristal, se convirtieron en botones cada uno de un tamaño y un color diferente. El izquierdo rojo y el derecho negro. Carlota decía que estaba bizca. Para mí, la diferencia de tamaño de sus ojos le daba un toque lánguido a su mirada, que me hacía quererla aún más. Rehíce sus trenzas, pero la falta de algunos mechones dejó su nuca un poco calva. Cosí sus manos. A una de sus piernas le faltaba un pedazo y al ponerla de pie cojeaba un poquito. Pero ¡qué importaba! Con el tiempo, pensé, aprenderá a andar igual que las demás. Y de no hacerlo la tendría siempre en brazos, aunque se enmadrase.

Aquella muñeca fue la mejor de las amigas, el mejor de los regalos que me trajeron los Reyes de Oriente, porque aún hoy sigo pensando que ellos, los magos, tuvieron algo que ver en todo aquello. Y así, *Cara de Patata* vivió conmigo alegrías y penas, compañías y soledades. Hasta que un día, mi niña, Mena, la destrozó. Pensó que estaba bizca y que había que solucionarlo y le arrancó los ojos. Después decidió que el pelo le quedaría mejor corto y arrancó sus trenzas. Cuando se dio cuenta de lo que había hecho, intentó hacerla desaparecer por el váter, provocando un atasco espectacular. Del desaguisado que Mena hizo con *Cara de Patata* solo pude salvar sus ojitos bicolor. Ahora serán los de Sheela. Los dejaré junto a sus cenizas, en la cima del Sinaí.

37

Hace dos semanas que no escribo, desde que Omar se marchó. Su ausencia se ha convertido en un espacio de tiempo infinito que comienza a paralizar mi vida, a tergiversar la realidad. Este ascensor desvencijado me atormenta. Cada vez que sus puertas se abren es como abrir la tapa de una vieja caja de chirridos que, presos durante siglos, escapan en una loca carrera sin control hasta atravesar la puerta de mi apartamento, invadiendo mis tímpanos, haciendo que imagine que tras su apertura aparecerá él. Echo en falta su risa, su oído atento, su forma de mirarme, su despertar a mi lado... Su ausencia se clava en mí como un diapasón, llegando a ser insoportable.

Llevo dos meses en este país. Dos meses en los que he trabajado sin descanso. En los que he realizado una veintena de óleos y cincuenta bocetos que formarán parte de una exposición. La mitad de ellos se han vendido con antelación, lo que me ha permitido aumentar mis ingresos, ampliar el visado por un mes más y barajar la posibilidad de establecerme definitivamente en El Cairo, algo que Omar y yo ya habíamos sopesado. Hace dos semanas hablamos sobre ello. Incluso comencé a meditar cómo y de qué manera le plantearía a Mena mi estancia definitiva aquí. Sobre todo me preocupaba la reacción de ella, porque Adrián sé que estaría encantado de tener casa en Egipto.

Lo primero que Omar trajo fue su cepillo de dientes, después fue dejando algún pantalón, una muda y algún libro. Más tarde comenzó a quedarse hasta el mediodía. Me acompañaba por las calles buscando modelos para mis obras, la última semana incluso la pasó completa en casa. Guisó para mí y me enseñó a hacer Hadj, el maravilloso arroz egipcio, que tanto me gusta. Conversamos sobre la posibilidad de que mi estancia en El Cairo se convirtiese en definitiva y él se mostró encantado, feliz con la idea. Tanto que me atreví a hablarle sobre mis inquietudes, dado el desconocimiento que tenía sobre él; sobre su vida, su familia, su pasado, sus injustificadas e imprevistas ausencias... Contrariamente a lo que siempre había supuesto, no puso ninguna objeción a ello. Me dijo que no me preocupase, que todo llegaría; que tuviera confianza en él, que llegado el momento me hablaría de todo, que tenía una sorpresa para mí. Aquel día fue el último que le vi. Desapareció sin dejar rastro, como si nunca hubiera existido. Todo fue tan extraño que si no hubiera sido porque Raquel le conocía, hubiera pensado que había sido una alucinación.

Después de una semana sin dar señales de vida, yo preocupada porque le hubiese sucedido algo, haciendo mil conjeturas sobre su desaparición, pensé que tal vez me había precipitado y él, un alma libre, se había asustado. Incluso sopesé la posibilidad de que tuviera familia, una familia a la que no abandonaría por mí y, angustiada, le pedí ayuda a Raquel. Necesitaba saber qué había pasado, dónde estaba Omar, fuera lo que fuese, me encontrara con lo que me encontrase, necesitaba saberlo. Ella movió todos sus contactos y comenzamos su búsqueda, una investigación que no dio ningún resultado. Parecía que la tierra se lo hubiera tragado. Así fue hasta ayer.

38

Raquel subió con él. Los dos me miraban en silencio, quietos y a la espera de mi reacción; temerosos de ella. Pero mi vista estaba fija en el paraguas rojo que el hombre alto y moreno sostenía en su mano derecha. De su empuñadura colgaba una tarjeta manuscrita. Reconocí la letra al instante: era de Omar.

—Sentimos no haber podido entregárselo antes, como debería haber sido, pero las circunstancias nos obligaron a ello. Esperamos que comprenda que son causas de fuerza mayor. Acepte nuestras condolencias —dijo el hombre tendiéndome el paraguas rojo.

Llorando, temblorosa, lo cogí y leí el texto de la tarjeta:

«Es para que te proteja del sol de mi tierra, para que lo

haga en el jardín de la casa que he pensado deberíamos alquilar para los dos. Te veo en la noche.»

Grité, grité pidiendo con todas mis fuerzas que me dijeran qué había pasado, dónde estaba Omar. Raquel me condujo dentro de la casa y el hombre árabe pasó con nosotras.

Pensé que había sido un accidente, un desafortunado accidente lo que le había ocurrido, que estaba en algún hospital inconsciente, herido, pero no, desgraciadamente, Omar había muerto hacía una semana. La misma tarde que se fue de casa y extendió sus manos dándome un adiós definitivo. Aquella tarde en que su imagen no se desdibujó como siempre, lo hizo bajo una extraña lluvia de diminutas flores amarillas, que solo vi yo. Una lluvia de flores como la que tapizó las calles de Macondo el día que José Arcadio Buendía murió en *Cien años de soledad*.

Tuvieron que darme un tranquilizante y esperar a que reaccionara. Entonces el hombre me dijo que Omar había muerto durante el ejercicio de su profesión. Pertenecía al Shabak, el Servicio de Inteligencia y Seguridad General Interior de Israel. Su lema es: «Defensor y protector invisible.» No me facilitaron detalles de lo acontecido, solo se me hizo saber que se tenía conocimiento de mi existencia y que los planes de futuro que él tenía eran junto a mí. Aquel día, cuando lo asesinaron, se dirigía a formalizar el contrato de arrendamiento de la casa que quería compartir conmigo.

39

Todo empieza donde y como acabó. En Egipto, en El Cairo, y sola. Mi desgastada Raquel anda perdida entre el ascensor y mi casa. Dice que nunca podrá acostumbrarse a mi ausencia. Creo que yo tampoco podré acostumbrarme a vivir solo con su recuerdo sin morir un poco; sin que mis deseos me hagan volar con el pensamiento hasta su lado, sin el perfume de sándalo que su túnica negra deja prendido por donde pasa, sin la luz que el brillo de sus zapatillas le da a mis pupilas cansadas de ver tantas cosas llenas de oscuridad. Sé que la ausencia de su voz suave, pausada, dejará mis oídos enfermos por el abandono, porque su voz es como su mirada, como sus huesudas manos de bruja buena, el antídoto perfecto para no dejarte llevar por la sinrazón. Raquel es una reliquia llena de la exquisitez de la vida, de la paciencia, la constancia y el amor. Mi Raquel no es vieja ni es mayor, mi Raquel está desgastada por dentro y por fuera, en el alma y el corazón: como lo estoy yo.

A estas alturas de la narración ya habrá supuesto que regreso a España. He meditado mi vuelta largo y tendido, recostando mi cabeza sobre el regazo de Raquel, que ha escuchado mi llanto noche tras noche, que, paciente, ha contemplado cómo mis dedos se deslizaban una y otra vez sobre el último óleo que le hice a Omar. Sobre sus ojos, sus labios, sus manos... Sin él, mi estancia en este país no tiene sentido.

Dentro de unas horas Raquel y yo iremos al gran bazar de Khan El Kalili, quiero comprar regalos para todos, pero hasta eso, el ir al gran bazar y regatear sin Omar, me va a doler. Desde hace días todo lo que hago sin él me lastima. Aquí, en El Cairo, donde su recuerdo me persigue, donde intento buscar sus ojos, oír su voz, ver su sombra en cada esquina, en cada hombre, me es más difícil. A cada instante que pasa lo añoro más y, cuando lo hago, me parece escuchar su voz:

—Nada muere, todo se transforma —decía refiriéndose a Sheela—. Ella estará siempre a tu lado. ¡Siéntela! Solo tienes que sentirla...

Y la siento, la siento a ella y, sobre todo, a él, a Omar. Pero me duele tanto hacerlo, tanto...

Antes de ir al gran bazar pasaré por una empresa de mensajería y le enviaré todas estas páginas que he ido escribiendo para usted. Espero que lleguen antes que yo porque me gustaría que nos encontrásemos sabiendo que, al fin, tiene pleno conocimiento de quién es su segunda hija. Aquella joven delgada, casi escuálida que un día se marchó de su hogar, que dejó a sus hijos y su marido, buscando hacer realidad un sueño, un sueño de cuento que estuvo a punto de cumplir pero que el destino, el ineludible destino, le arrebató.

Anoche, mientras embalaba los utensilios de pintura, volví a ver a padre. Estaba sentado en el alféizar de la ventana y me sonreía. Su expresión era más cálida que de costumbre y su visión más cercana, como si estuviésemos en el mismo plano vital. Incluso pude percibir el aroma de su colonia. Dejé la caja que estaba montando y me dirigí hacia él, pero, como siempre, su imagen desapareció. En su lugar estaba el paraguas rojo de Sheela. Lo cogí y entonces oí su voz, la voz de Sheela diciendo:

«Recuerda, no vuelvas, suceda lo que suceda, nunca debes volver.»

Junto al texto, le envío el paraguas rojo de Sheela. Es para Mena. Sé que ella irá a casa de Carlota esta semana, como hace todos los veranos, y quiero que usted se lo dé. Dígale que a mí ya no me hace falta porque, para protegerme, tengo el de Omar.

En el salón suena Alberto Cortez, las últimas estrofas de su canción *En un rincón del alma* hoy más que nunca me lastiman:

Con las cosas más bellas,
guardaré tu recuerdo
que el tiempo no logró.
Sacarlo de mi alma,
lo guardaré hasta el día,
en que me vaya yo.

El lienzo de Omar permanece entre mis manos. Me cuesta embalarlo, dejar de verle. Llueve. Fuera está lloviendo y, a mi lado, para protegerme, ya no está él.

Epílogo

La tormenta había descargado con fuerza. Llovió durante horas. Cuando Mena terminó de leer el último folio, llorosa, miró hacia la ventana y comprobó que sobre el alféizar aún permanecían algunos trozos del granizo caído hacía unos instantes. Abrió la ventana y los cogió. Cerró las manos y las llevó hacia el pecho.

Remedios se acercó a la joven y, limpiando sus lágrimas, dijo:

—Deberías arreglarte un poco. Tu padre, Adrián y tus tíos nos esperan, tenemos que irnos.

—¿Te das cuenta, Remedios?

—¿De qué, cariño?

—Si no hubiera regresado ahora, seguiría viva, con nosotros. No habría muerto. Si se hubiese quedado en

Egipto, esto no estaría sucediendo. ¿Por qué volvió?, dime, ¿por qué tuvo que volver?

—Porque debía hacerlo. A veces el destino no puede cambiarse. Incluso, intuyéndolo, corremos el riesgo de interpretarlo mal. Creo que eso fue lo que sucedió.

—Sí, pero Sheela se lo advirtió. Se lo dijo.

—Has leído sus cartas. En ellas deja claro que interpretamos mal la predicción de Sheela. Pensamos que se refería a la venganza de Antonio. Jamás se nos pasó por la cabeza que pudiera sufrir un accidente aéreo. Ella tampoco sabía que tu abuela no llegaría a leer el manuscrito. La vida es esto, pequeña —dijo abrazándola con fuerza—. Debes ser fuerte.

»Raquel está esperando hace horas para hablar contigo. Ha hecho un largo viaje. Deberías hablar con ella antes del funeral. Creo que a tu madre le hubiera gustado que lo hicieses.

Cuando Raquel entró en la habitación, Mena seguía sumida en su dolor. El granizo que había cogido se derretía entre sus manos y mojaba su pecho, pero ella no se movía. Permanecía con la vista perdida en la ventana. La anciana se dirigió hacia la joven en silencio. Cuando estuvo a su lado le tocó un hombro con suma delicadeza y dijo:

—No sabes cuánto lo siento. Su muerte también ha desgarrado mi alma. He traído esto. —Y le entregó a

Mena un paraguas rojo—. Lo olvidó en el apartamento. Es el que le regaló Omar. Junto al paraguas también olvidó este libro. *El rodaballo.*

Mena cogió el libro y sonrió. Lo apretó contra su pecho y dijo:

—Era tozuda, tozuda como ella sola. Siempre andaba con este libro a cuestas empeñada en terminar de leerlo, y, mira, el marcapáginas sigue en el mismo lugar —concluyó rompiendo a llorar...

Cuando el coche, camino del cementerio, atravesó la urbanización y el pueblo, a su paso, poco a poco, las aceras fueron tiñéndose de rojo. Sobre ellas, docenas de paraguas se abrían uno tras otro. Bajo ellos estaban todas y cada una de las mujeres a las que Sheela, Remedios y Jimena habían consolado con su magia. Con las que habían compartido penas y soledad tras las rojas cortinas del herbolario, en el más absoluto anonimato. Un anonimato que ellas mismas, aquel día, decidieron no guardar porque, igual que lo fueron Jimena y Sheela, también eran mujeres de agua que necesitaban un paraguas rojo para protegerse, para no desaparecer bajo la lluvia al darle la mano a la soledad.

A continuación, como gesto de agradecimiento a los lectores que la han acompañado hasta aquí, Antonia J. Corrales quiere ofrecerles un relato en el que, como ella misma dice, «el amor, las mentiras y la obsesión se confunden». Pertenece a la antología de cuentos La levedad del ser, *publicada en versión digital por B de Books.*

Siempre te querré

La miraba en silencio. Como un cazador furtivo, contenía la respiración dejándose llevar por aquel deseo de necesidad carnal, por aquel acceso de locura deshonesta, incontrolada. Sentía ganas de saltar junto a ella, de susurrarle al odio, de besar su cuello, su delgado cuello protegido por una bufanda violeta como sus ojos. Desde el anonimato que le daba la distancia, cobijado por la penumbra de su habitación, Camilo se perdía en aquella mujer. Caminaba tras cada uno de sus pasos, sintiendo todos sus movimientos, incluso a veces le pareció oír su respiración, aquella respiración entrecortada por la prisa, sutil y solitaria. Contemplaba con quietud sus gruesos labios, vírgenes, desconocedores de su mirada.

Ella se contoneaba. Su balanceo era lento, entorpecido

por los adoquines desiguales de la acera, donde sus finos tacones se hundían peligrosamente. Camilo sentía el desequilibrio de su cuerpo, de sus desnutridos tobillos y su mirada resbalaba por el contorno de sus caderas, acariciando sus muslos, hundiéndose en la piel de sus glúteos, rozándole el vientre con el pensamiento, ese pensamiento perturbador que le poseía. Imaginaba su cintura, aquellas hendiduras sensuales que consentían gustosas el abrazo de la falda de tubo, que jugaban al escondite tras los delanteros del abrigo de lana negro.

Como cada mañana Elda bajó del autobús y recorrió el trecho de acera hasta llegar a la residencia geriátrica. Camilo la observaba en silencio. El timbre del teléfono móvil sonó haciéndole recuperar la conciencia. Se alejó del ventanal y lo cogió.

—¿Cuéntame qué tal va todo? —le preguntó su esposa a través del aparato.

—Bien. Mejor de lo que pensaba. Ayer me dieron a entender que estaba propuesto para un ascenso.

—Es estupendo. Significa que pronto volverás. ¿Estoy en lo cierto? —preguntó ella intranquila.

—No exactamente. Tal vez tenga que pasar aquí unos meses más.

—Camilo, no podré soportarlo.

—Claro que sí. Lo harás. Tú eres fuerte. Ahora tengo que colgar. Estoy ocupado.

—Entiendo. ¿Me llamarás mañana?

—Siempre lo hago. Ya te dije que es mejor que sea yo el que te llame —contestó mientras se acercaba al ventanal y miraba como Elda se perdía tras aquella puerta de cristal—. No debes preocuparte, todo se solucionará. Un beso, cariño. Que tengas un buen día.

—Hasta mañana. Te quiero —concluyó la esposa.

Camilo se acercó de nuevo al ventanal y miró su reloj de pulsera. Tenía ocho horas por delante. Ocho largas horas hasta que ella saliese una vez más por aquella puerta. Así llevaba haciéndolo un día, y otro, y otro... Sin darse cuenta pasaron dos meses, dos largos meses en los que él, cada mañana, seguía el mismo rito inevitable. Aquella ceremonia de observación se convirtió poco a poco en una necesidad más que vital, en un ahogo anímico que le llevaba a pensar que necesitaría contemplarla, incluso cuando la vida hubiera de ser muerte.

Elda, ajena a su mirada, bajaba del autobús con destreza. Con precisión milimétrica dejaba caer su cuerpo sobre la húmeda acera. Él la contemplaba pensando que sujetaba sus tacones en la distancia. Cuando ella se contoneaba sentía su cuerpo desnudo, sus pechos rozándole el tórax. Entonces sus dedos se desplazaban sobre el cristal con suavidad. Con exquisita dulzura, casi ingrávidos, temerosos... Camilo, consciente de su obsesión, se ruborizaba y jadeante, sudoroso, se retiraba del ventanal poniéndose a salvo, buscando la oscuridad del dormitorio para seguir observándola hasta que aquella puerta quedase, para él, vacía de vida.

Había perdido el trabajo, aquel trabajo que les mantuvo a salvo durante tantos años, treinta y dos, ahora él tenía cincuenta, y nadie se interesaba por su situación. La fábrica había cerrado, la quiebra solo dejó como única posibilidad el fondo de garantía salarial, que aún no había llegado. Y la jubilación anticipada.

—¡Jubilarme! ¿Quieren darme la jubilación? ¡Están locos! Soy demasiado joven. No lo haré ¿Cómo acabaremos de pagar la hipoteca? Aún nos quedan dos años.

—Nos apañaremos. Podemos vender la casa y comprar un piso pequeño —dijo ella acariciando la espalda de Camilo.

—No. No lo permitiré. Tú amas esta casa. Has luchado igual que yo por ella.

—Cierto. Pero tú eres más importante que la casa. Yo te necesito más que a nada. Mi sueldo nos dará para seguir a delante.

—Ni hablar. No lo permitiré —dijo Camilo enfurecido.

Dos meses después Camilo se marchaba. Había encontrado trabajo fuera de la capital.

—Llámame todos los días —le dijo ella besando sus mejillas—. ¿Lo harás? ¡Júrame que lo harás!

—Cómo no voy a hacerlo. ¡Te quiero más que a mi vida! —exclamó él dándole un beso en los labios.

Ella quedó prendida sobre la estación del tren. Mientras, él miraba como poco a poco la imagen de su mujer se hacía más pequeña. Tres meses después, Camilo seguía recluido en aquella pensión, buscando en las páginas de los periódicos el trabajo que había dicho tener. Todos los días inventaba los quehaceres que se suponía estaba desempeñando, y ella a través de la línea telefónica escuchaba con entusiasmo.

—¿Cuándo podrás pedir el traslado?

—Aún es pronto. No soy más que uno de los contables. Estoy aprendiendo a utilizar el ordenador. Ya te dije que quieren abrir una sucursal en Sevilla. Debo prepararme para ser el gerente de ella. Ya sabes que estoy propuesto para el cargo, pero solo es una propuesta.

—Aunque únicamente sea una propuesta, es maravilloso. No puedo creer dónde has llegado. Yo te dije que no deberías preocuparte. Siempre has sabido salir adelante. ¡Te quiero! Camilo, eres un genio.

Las mentiras aumentaban en proporción a los días de ausencia. Después de tres meses, Camilo seguía en el mismo lugar sin más compañía que los deseos anónimos que Elda suscitaba en él. Su imagen le hacía más soportable aquella búsqueda estéril, aquellas mentiras imperdonables. Pero una mañana Elda no pasó frente a su ventana y él creyó morir. No comió, no durmió. Esperó durante horas, estático, frente al cristal. Necesitaba ver de nuevo su paso firme, su mirada solitaria. Entrada la noche, como de costumbre, llamó a su esposa intentando disimular su estado.

—Hola cariño —dijo con voz apagada—. ¿Cómo estás? ¿Te encuentras bien?

—¡Por supuesto! Y tú, ¿cómo estás? Pareces preocupado.

—He tenido un mal día —explicó Camilo en un tono más tranquilo—. Uno de los balances de situación descuadraba. Ya sabes cómo son estas cosas. Cuéntame, ¿qué has hecho hoy?

—Lo de siempre. Sabes que mi trabajo no tiene nada de peculiar. Camilo, júrame que no te pasa nada —insistió la mujer—. Camilo, ¿estás ahí? —volvió a preguntar ella aún más angustiada.

Camilo acariciaba, en silencio, el teléfono móvil. El tono de la voz de su mujer le hizo pensar en decirle la verdad, pero sintió miedo y volvió a callar. La posibilidad de perderla le aterraba.

—Estoy bien. Un poco cansado. Te echo de menos. ¡No sabes cuánto! —contestó en un ahogo.

—Cariño, yo también. ¿Por qué no pides unos días de descanso? —dijo ella sollozando.

—Lo intentaré...

Hacía una semana que Elda se había percatado de que Camilo la observaba desde la ventana de la pensión. Sabía que él conocía sus cambios de turno semanales e incluso los imprevistos. El primer día solo le pareció una coincidencia, pero a medida que fueron pasando las semanas, la mirada de aquel hombre comenzó a producir en ella desasosiego. Cambió varios turnos, pero a pesar de la discontinuidad de sus horarios, él seguía en la ventana. Un día llegó a la residencia un gran ramo de rosas blancas, el florista dijo:

—Verá usted, solo sé, que son para una señora que se llama Elda. El hombre que encargó el ramo dijo que, para más señas, debería decirles que el color de los ojos de ella es tan azul que parece violeta. ¡Debe ser usted! —dijo el muchacho con una sonrisa que evidenciaba confianza en su afirmación.

—Sí, soy yo. Pero no es eso lo que quiero saber —dijo Elda haciendo una pausa y mirando al joven fijamente.

—Ah, ¿no? Pues usted dirá —contestó el joven contrariado.

—¿Sabe cómo se llama? ¿Dónde vive? ¿Lo sabe?

—Pues no. Verá usted, hizo el encargo en la tienda. Lo pagó, dio la dirección y se fue. Será un admirador —concluyó el motorista sonriente.

Desde aquello, Elda no conseguía conciliar el sueño. Sentía miedo. El hecho de que alguien pudiera estar obsesionado con ella le daba escalofríos. Sabía cómo se llamaba, los horarios que tenía, y tal vez, incluso su dirección. Temerosa por lo que pudiese acontecer, decidió ir junto a una de sus compañeras a denunciar los hechos.

—Y dice usted que la observa desde la pensión. Eso no es un delito. Tampoco lo es el que alguien le mande rosas, más bien lo último es una deferencia. Si no hay amenazas, acoso..., usted ya me entiende. No se puede hacer nada. No puede poner una denuncia porque la miren. Lo mejor que puede hacer es no ponerse nerviosa. Este tipo de individuos suele cansarse pronto. Si observa algo más, vuelva. Quiero decir que si la llama a casa, o a la residencia, o la sigue, entonces venga a vernos.

—¡Gracias, agente! Creo que tiene razón. Quizá me haya preocupado en exceso —contestó amablemente Elda.

—Señora —increpó el policía.

—Dígame.

—Esto ya es cosa mía. Quiero decir que yo, en su lugar, durante un tiempo procuraría ir acompañada de algún amigo. Suele dar resultados positivos, la compañía masculina les descoloca, los mirones suelen ser cobardes, y bajo mi punto de vista, creo que este individuo solo es un mirón.

—¡Gracias, agente! Lo haré. Buenos días.

—Buenos días también para usted —contestó el policía saludando con la mano.

Camilo esperaba el amanecer sentado sobre el orejero. Sin asearse, sin desayunar y con los ojos desencajados por la ausencia de su amada, se apostó una vez más frente a la ventana. Aquella mañana, Elda acudió a la residencia acompañada de un hombre más joven que ella. Este la sujetaba del brazo. Ambos se despidieron con un suave beso en la mejilla. Camilo creyó enloquecer. Desenfrenado dio un puñetazo a la pared. Sus nudillos comenzaron a sangrar.

«Solo es un amigo. No puede significar nada para ella. Sólo puede ser un amigo», pensó mientras ponía el puño bajo el agua del grifo.

Pero aquel hombre siguió acompañándola dos días más. No solo iba a dejarla, también la esperaba a la salida. Camilo olvidó la búsqueda de aquel trabajo que tanto le preocupaba, desconectó el teléfono móvil. Dejó de pensar con normalidad y se perdió en lo más profundo de su obsesión. Llegado el tercer día, decidió que todo aquello debería acabar, porque Elda le pertenecía, ella solo podía ser amada por él. Se aseó y cogió un taxi, buscó una floristería lo más lejana a la residencia y envió un gran ramo de flores blancas, junto a ellas una tarjeta en cuyo texto se podía leer:

Elda, lo que estás haciendo te llevará a un arrepentimiento eterno. Te has olvidado de mí. ¿Cómo puedes hacerme esto? Yo te amo. Siempre te amaré. Cuido en la distancia cada uno de tus pasos, y tú solo me desprecias, te olvidas de que existo. Crees que no lo sé. Que soy ajeno a tu comportamiento, pero no es así.

Haz que él se aleje de ti. Si tú no lo haces, tendré que hacerlo yo. Te observo en la distancia. ¿Por qué quieres olvidarte de mí? Yo te quiero.

Nada más recibir las flores, Elda, acudió a la comisaría junto al motorista. Dos horas más tarde, la policía llamaba a la habitación de Camilo. Había una denuncia por amenazas y acoso. Camilo fue detenido.

—No pueden hacerme esto —repetía sin descanso—. Yo la quiero, ¿es un pecado querer, acaso es un pecado? No he hecho nada malo. ¡Lo juro!

Elda observaba desde la cristalera de la residencia cómo la policía bajaba al hombre hasta el coche patrulla. Pensando que tal vez había actuado de una forma un tanto precipitada, salió a la acera y se acercó lentamente. Al ver su cara, un escalofrío recorrió su cuerpo.

—¡Camilo! —gritó desaforada—. No puede ser, suéltenlo. Ha sido un error, una desgraciada equivocación. Es mi marido.

FIN

FIC CORRALES Spanish

Corrales, Antonia J.

En un rincón del alma

JAN 2 8 2015